乞食路通

こじきろつう

風狂の俳諧師

正津勉

作品社

乞食路通／目次

乞食路通

——風狂の俳諧師

——もろい部分にたて

鶴見俊輔「退行計画」

前　書

路通（ろつう）？　そは何者なるや。そこらが返ってくるおおかたの声でないか。芭蕉、蕪村、一茶、ごくふつうに一般的教養でいえば、みなさんに馴染みあるのは、「ビッグ3」の教科書俳人にとどまる。であるなら多くはその名からして初めてだろう。というようなしだいならばはじめに、いったいぜんたい路通とはいかような人物であるというのか、ざっくりとおさえておくべきだろう。ついてはまず予備知識としてまずまず詳しいとされる人物事典をみてみよう。

八十村路通【やそむら・ろつう】
生年：慶安2（1649）
没年：元文3・7・14（1738・8・28）
江戸前・中期の俳人。他に斎部（いむべ）（忌部）姓も伝わる。俗称は与次衛門など。神職の家柄にあったが、乞食となり漂泊の旅に出た。松尾芭蕉との邂逅は、湖南松本で放浪中の折りであった。のち江戸に芭蕉を訪ねて、俳人としての力量を認められるに至る。さらには芭蕉に倣い、みちのく行脚に赴いたり、『俳諧勧進牒』を編集したりした。しかし、慢心と放縦な性格のため、蕉門俳人に嫌われる。芭蕉は遺言において、路通のことを門人達にとりなして逝った。〈参考文献〉中村俊定「路通―常の人路通―」(『俳諧史の諸問題』)(楠元六男)『朝日日本歴史人物事典』

いかにも事典らしい簡にして要をえた紹介である。だがあらかじめ注意しておきたい。これで路通について、おおよそ概略のところ、わかった気持になる。そのように早呑込みされると、ちょっと間違ってしまう、というか不適切なことになる。どうしてまた、それはこのような書き方には首を傾げざるをえない、だからである。

たとえいくら事典とはいえなんとも、それこそ事典的無謬性でもって、こんなふうに叙述できるものだろう。まずここに記す「神職の家柄」は正しくあるか？　さらにまたそんな「慢心と放縦な性格」とまでいえるのか？　こちらからみるとこの正確らしげな要約、断言からして疑問だらけもいいのである。だからまずこの事典の項については一瞥、芭蕉に発見された蕉門の乞食ぐらいで、素通りなさって以下お読みいただきたい。でまずはわたしの思うところを、まえもって述べることにしたい。

路通。およそこのような事典で簡潔に述べるには不向きというか最も困難な事例であるといおう。それはどうしてか、なにしろその生涯をほとんどまったく不明なままにする、そのためである。どうにも事典からして信用できない。そのような厄介しごくなる対象というのだ。まあこれは手ごわい、ほんと歯がたたない。というのに当方はなんとも無謀なことに、そのような人物をめぐって、これから一著をものする心積もりでいる。

というしだい、はてさてとどこおりなく思いのたけを果たそうことができますか、ではじめる。

＊引用句文について。読解性と負担を考慮して、原典にはない、句読点、濁点、振り仮名などを、筆者の判断で適宜付した。くわえて必要な部分については、補足の〔　〕、註書き（　）、をほどこして理解の助けとした。

(一) 薦を着て

●不レ知二何許者一不レ詳二其姓名一

貞享二年（一六八五）三月、芭蕉は、『野ざらし紀行』の途次、湖南は膳所(ぜぜ)の松本（現、大津市）で、ふしぎな乞食と出会っている。

おきな一とせ、草津・守山を過て、松蔭に行やすらふ。かたへをみれば、いろしろき乞食の草枕涼しげに、菰(こも)はれやかにけやりて、高麗(こま)の茶碗のいと古びたるに瓜(うり)の皮拾ひ入、やれし扇に蠅を〔お〕ひながら、一ねぶりたのしめる也。あやしくて立どまりさしより給へば、目をこらき〔し〕又ふさぎ、鼾なをもとのごとし。さはなにもの丶はふれたる、おして名をきかまほしく、目のさむるまで腰掛け、

　昼皃(ひるがほ)に昼寝せふもの床の山

折からの吟も此時也。……

でしばし間をおいて乞食が目覚めるのを待ってきく。とやっこさん「むかし腰折をこのみ、みそひともじの数をもしる」とのたまう。芭蕉は、そこで一首を所望したと。するとその乞食はというと、つぎのように詠んだという。

御坊笑ひ給ふなとて、矢立を乞て、扇にしるす手つたなからずとみえて、

露とみるうき世を旅のまゝならばいづこも草の枕ならまし

（「翁近江行脚并路通入門」『芭蕉翁頭陀物語』建部綾足 寛延四〈一七五一〉）

俳聖芭蕉と、乞食路通と。出会いの一幕である。まずここに引かれている歌をみられたし。「露」、「うき世」、「旅」、「草の枕」。というこの、いかにも風狂めく語呂よろしき「腰折」（下手な和歌）はというと、どうだろう。これに関わって思い出される歌がある。

嘆かじよこの世は誰も憂き旅と思ひなす野の露にまかせて 宗祇『白河紀行』

芭蕉が「西行の和歌における、宗祇の連歌における、雪舟の絵における、利休が茶における、その貫道するものは一なり」（『笈の小文』）と述べる、室町時代の連歌師、宗祇の有名な一首だ。それをよろしく踏まえての詠というのである。

そこらをみるにつけ、この乞食はなかなかの手練れと、とられることだろう。つぎには、むさくるしく薄汚れたやつがれなどでなく、これがなんと「いろしろき乞食」というところ、はどうか。これはこの種の読み物のつねで、いうならば貴種流離譚めくつくり、でもって気を引く手であろう。

さて、芭蕉は、ときにいたくこの乞食に感じ入り、俳諧の道に誘い即座に、師弟の契りを結んだというのだ。そして路通（または露通、ろつう、とも称する）の号を与えたと。これがよく引かれる条なのである。しかしながら、なにぶん同書は逸話集のたぐい、といっていい。だからこのときに芭蕉が吟じたと載る「昼皃」の句が年代的に合わないことになる。なんとなれば当の句はというと、元禄元年（一六八八）夏、『笈の小文』の旅の帰路、彦根から岐阜への途次になった作だからである。

などなどとは、くだくだしい。いうならばそんな考証的らしいことなんぞを、根掘り葉掘り、しようなどとは前掲文をもってよしとしたい。でこののちもそう、やればやるほどになお詮なきことになるとなれば、やめておくがよしと。いったいぜんたい路通にかぎっては、「前書」でのべたように戸籍簿的、履歴書的にはなんともその節々、ほぼあらかた判然としないからである。

そもそもだいたい生没年がいつであるのか。まずそれからして不分明というのである。はじめに生年であるが、慶安二年（一六四九）頃と推定される。[*1] しかしながらそこらも異見があって正確なものとはいえない。これとはっきりと特定するだけの典拠がないというのである。それでは没年はどうか、いまのところおおかたは元文三年（一七三八）ということになっている。[*2]

ついては年齢にかぎり、現時点で最も信頼に足る石川真弘「斎部路通年譜」[*3]（『蕉門俳人年譜集』以下、「年譜」と略す）、これを参考にしたい。じつはこの「年譜」では諸説におよばず、生年を慶安二年としているが、いちいち〈頃〉とか〈前後〉と断りを入れる煩瑣を考えて以下準じよう。

つぎには出自・姓名について。『俳道系譜』（安政二）では「路通、八十村氏、俗称与次右衛門、美濃人、住大坂」と、また『猿蓑逆志抄』（文政一一）では「濃州の産で八十村（やそむら）（又は、はそむら）氏」と載っている。それがだけど『芭蕉句選拾遺』（宝暦六）では路通自ら「忌部（いむべ）伊紀子」と認めるかと、そうではなく『海音集』（享保八）では「斎部老禿路通」と記しているのだ。

くわえてまたその出生地はどこなのか。「美濃」から「大坂」、「京」、「筑紫」、「常陸」ほか。そうかと尤（もっと）もらしく「近江大津の人で三井寺に生まれる」という説まである。のちにふれるが同寺とは浅からぬ関係があるようだ。しかしながらそこで出生したというような証文はどこにもないのだ。

生没年、姓名、出生地。いやまだそんなもっと諸説紛々、五里霧中もいいというのである。いまここでその子細については手に負えなければ省略することにする。となればいたしかたなく納得するしかほかないだろう。路通と仇敵のごとくあった同門の台詞にこのようにある。

「不レ知ニ何許者一不レ詳ニ其姓名一」（『風俗文選・作者列伝』森川許六（きょりく）　後述）

すなわち「（路通は）もと何れの所の者なるかを知らず、その姓名を詳らかにせず」なりだと。

生没年？　二つ以上の姓名？　六つ以上の出生地？　つまるところ生涯にわたってだが、なにしろやればやるほど迷宮入りするばかりという、よくわからない御任なのである。

●乞丐のまねを

路通について、はっきりとしているのは芭蕉に拾われたこと、そのときに乞食の態(てい)であったということのみだ。肝要なのはこの、一事につきよう。とすればまずみるべきは、芭蕉と出会う以前、いかにあったかだろう。路通は、のちにそのあたりの事情をかいつまみ、つぎのように端折っているのである。

> 十とせ余り。こゝろざしの至るに任せて。乞丐(コツガイ)のまねをしあるきけり。しかありしも。其境にいらざればにや。あるハ風雅に魂うごき。あるハ人情にすがた転ぜられて。いまだ止(ヤミ)ぬる道をしらず。折から深川の翁。行脚のつてに。かり初の縁を結び。（「返店ノ文」『本朝文選』後述）

みるとおり「深川の翁」芭蕉に出会うまで、およそ十年あまり「乞丐のまねを」していたと。ところで乞丐とはそもそも、いかなる身分をいうのだろう。もともと乞丐とはそのさき、仏教でいう比丘(びく)（僧侶）が自己の色身(しきしん)（物質的な身体）を維持するために食を人に乞う行乞(ぎょうこつ)（または乞食(こつじき)ともいう）する、そのことに発祥するものだ。僧侶は、出家した身なれば、自らの手で食物を作るのも、田畑を耕作することも禁じられた。法は仏に乞い、食は人に乞う。つまり乞食修行（頭陀行(ずだぎょう)）に励むことが、ひいては一般の人に布施という善根をつませる尊い行為であり、むしろ衆生救済の法とされた。

それでは路通の場合はどうか。路通は、そのはじめはさて、どうやら芭蕉と出会う時分はというと、仏道専修のそれから離脱、零落しはてた路傍の薦被り。世間一般にいう乞食坊主であった。ときにそのような風姿ではあったのだが、そのさき小僧の時代から「風雅」また「人情」の奥深さに目覚めること、ひとりひそかに見聞をひろめてきたという。このことに関わりその小坊主時にふれる文をみておこう。

後年の『路通伝書』（元禄八年九月）の跋にある。「予幼童の時より和歌に志し、加〔賀〕茂の寂源上人を師となす」。また別版の『路通伝書』（元禄八年仲秋）の跋に述べる。「予童年にして加茂の南可上人に随い風雅を学ぶ」。

寂源は、京都賀茂神社の祠官の家に生まれる。のちに筑紫高良山座主となる。元禄三年、芭蕉の求めに応じ幻住庵の額を書き与える。南可は、賀茂神社聖神寺の学僧。この両師僧から「和歌」「風雅」を修学した。だからときにその素養が発露するところを、もっていたく芭蕉を感服させえたのだろう。くわえてまた芭蕉には路通が旧知の寂源に師事した一事に微笑んだことやら。ところでこの『伝書』に「加茂」の地名がみえている。じつはそのことから「京都」を生国と主張する見方がでてくるのだろう。なんとまたもや「不ㇾ知二何許者一不ㇾ詳二其姓名一」というしだいだ。

では、これからまずは問題とされようその一点からおよびたい。路通は、いったいなにがあって乞食となったのであろう？　ついてはなにはさておき、路通が僧であった事実に重きをおく、そこからみるべきだろう。

さきにわたしは「三井寺に生まれる」の説を怪しいとにらんだ。それはどうしてか。あれほどの名刹の本院はむろんいわずもがな、たとえどんな塔頭末寺であろうとも、ふつうその子弟は薦被りになったりはしない。そうすると三井寺は長じて修学した寺院なのだろう。そこから考えられるのは、なんらかの訳ありゆえに彼がごく幼くして寺にやられた身であった、らしいと察せられることだ。

貧乏人の子沢山？　望まれぬ子？　このことは時代を考慮するならば、なんら珍しい例でなく、いやむしろ当然の処遇でこそあった。しかしながらどうしてか、学究の誰もがこの説を採用していない、それはまたなぜなのだろう。このことに関わってある人物をここに登場させたい。

どうにも不明な出生事情とまたその幼少年時の開明。まずたちはだかった問題がそのことである。そこらがまるで霧の中では手の付けようもない。お手上げ。それでずっとうっちゃっておいた。とあるときふと浮かんだのである。ぴったりも格好な〈先達〉がいらした。

●大猶集英

〈先達〉、その人とは、作家水上勉（一九一九〜二〇〇四）。水上さんは、若狭。当方はそう、越前。そんなわけもあって同県人のよしみで身近にさせていただいた。でもってそこいらの事情をかなり詳しく聞きおよび知識をえることになった。

水上さんは、若狭は大飯郡本郷村（現、おおい町）に貧しい宮大工の家に生まれる。九歳の年、みなさんご存知のように口減らしのために、京都の相国寺塔頭、瑞春院に小僧に出されている。だがしかしなんでそんな年端もいかぬうちに小僧にやられたりするのか？　それはしかしべつだん特別なわけではない、どこにでもあったごく一般のことなのである。ついでながらいえばわが父方の伯父の二人もそんなには貧窮ではなかったが少時に小僧にやられているのである。それどころかわたしらが幼児のときにはひどく泣き止まないときなどに母親からいわれたものである。「ようきけや、泣く子は寺に、やるからな」と。だからいうならば、そんなことはつい最近までめずらしくも、なんでもなかった。

するとそんないわば当たり前のことではなさそうである。どういおうか、ちょっと口に出せない身の上であった、のではないか。などというふうにやはり思いが飛んでしまうのである。そこでそう、つぎのような画を描いたりしたら、おかしいか。

貰われ子？　親なし子？　路通は、それどころかあるいは、哀しくも寺の門の前に捨て置かれた子、ではなかったろうか。そのときに母は涙をとめどなく、坊さんならきっと育ててくれようと、いっしんに掌を合わせたろう。

わたしはそんなにまで思いいたすものである。どうしてか、まずはその幼時をまったく不明にしている、からである。しかしそれはむろん誤っているかもしれない。

ことはいずれであれ、じっさい現実にあるか、どんなものであろう。というところで水上さんにご登場いただくことにする。でそこらをたずねると、おっしゃったのである。

――それはそんなに数多くないだろうが、一名、そのようなご同輩がござった……。

となるとこれとてもまた些とはいえ特例でもなんでもないとなる。このことに関わって、きょうのいま「赤ちゃんポスト」（親による子の虐待や育児放棄を防ぐ設備。二〇〇〇年、ドイツのハンブルクが初例、日本では平成十九年、熊本の慈恵病院が最初に設置）なるものがある、とだけ記しておこう。ところでこのときついでに疑問に思っていた別の一件についてもうかがったのである。

おききしますが捨て子かどうかはおいて、いったいどうして、名無しの権兵衛ならず立派、というかいかにも、らしくありげな姓を名乗っているのか？

するとどれほどか、間をおいて氏はふっと、おっしゃったのだ。

——それはそうだな、おそらくは師僧から頂戴した法名を名乗ってござる、のではないのか……。

法名？

——「大猶集英」、こいつは誰だかわかる？　ぼくの瑞春院での名前なんだ。なんだか立派そうだろう。十三歳の冬、瑞春院を脱走して、衣笠山の等持院に入った。そこでは名を「承弁」と改めたけど……。

なるほど、そういうわけありなのか、なっとく。やはりさすがに小僧に出されて大抵でない辛酸を舐めただけはある。そこで立ち止まろう。だがどうして「年譜」をはじめ路通の姓が多く「斎部」として通有しているのか。とすると氏はややして、こんなふうに答えたのだ。

——それはあるいは、由緒ある名前、だからでしょうよ……。

なるほど「斎部」の姓であるが。ふつうに事典を引けば多く神職の名とされる。だからそれもどうやら師僧からいただいた名前にちがいなさそうだと。あるいはそのあたりのことを知って自ら名乗ったのかもしれないともいう。ここまでみてくると、どうやら学究の多くはというと、下も下は最貧困層に喘ぐ輩、のそこいらの事情に疎いのでは、といわざるをえないか。

ついてはいま一つ考えられよう。それはある年齢に達したのち得度し僧となった。ありうることだ。じっさいのちの種田山頭火、尾崎放哉しかりである。わたしはしかしその考えにはまったく与しないものだ。これはまたどうしてか。

それはその句を読み込んだ思いからくる。そしてそのゆえんをこそ、これから辿ってゆく、つもりでいるわけである。そこでついでに、乞食俳人と呼ばれる代表人物、をみてみよう。これがいそうで、それなりに名の通る者はとなると、いないのである。

●井月

井上井月（せいげつ）。人呼んで乞食井月。路通とは時代がくだり幕末から明治の俳人。まずその名が浮かぼう。さきに芥川龍之介が「井月は時代に曳きずられながらも古俳句の大道は忘れなかった」(『井月の句集』跋文)と称賛した。さらに石川淳が『諸國畸人伝』、また近くはつげ義春が『無能の人』で取り上げて一部に知られる風狂の徒である。文政五年(一八二二)、越後国長岡藩士の家に生まれる。十八歳で学問を修めるべく江戸に出たが、俳諧の面白みに目覚め、芭蕉に傾倒し、諸国を行脚。安政五年(一八五八)、ボロ同然の羽織袴、腰に木刀を差し、瓢箪をぶら下げた浪人姿で、信州は伊那谷に現れる。折しもこの地には俳諧の風が起こっていて、庄屋や郷士（ごうし）の家で酒を飲み、食事を戴き、ここに三日、あっちに五日と、転々として歩く。寄る辺さだめぬ食客として一所不住の流浪の果て。明治二十年(一八八七)、野垂れ死に。

落栗の座を定むるや窪溜り　　**井月**（余波の水茎）

窪溜りの落栗。この一句がよくその境涯を物語っている。ところで前記の山頭火は「日記（ひ）[*4]」に書いている。

「私は芭蕉や一茶のことはあまり考へない。いつも考へるのは路通や井月のことである。彼等の酒好や最後のことである」（昭和十四年九月十六日）

山頭火は、まことに正しくも、路通と井月を自分の先達、なりと定めていた。ついでながらこの両人はおなじ風狂の徒ながらその性質を大きくたがえるのである。ここでいう「酒好」は井月であって、これは後述するが、どうやら路通は左党でなかったろう。くわえていえばその「最期」も大きく様相を異にしているのである。

さて、井月も、たしかに「乞丐のまねを」し流浪しつづけた。だがへんな言い草ではあるが、もともと生来の乞食ではなく、そもそもは侍の子なのである。これは山頭火も同様で醸造家の長男である。いわばともに志願乞食なのである。すなわち路通のように乞食になるべき、星の下に生まれた者ではない。

であらためてそこらを感傷的もよろしく勘案するとどうなるか。わたしはそのさき路通をめぐっては、なぜもなくどうしてか、つぎのような生誕譚をつむいでいるのだ。それはむろんもちろん感想的にすぎなく逸話ごときしだいだが。

——路通、その実は捨て子なり。

とすると捨て置かれた当の寺はどこか。それはそれこそ最も出世地に近いところだろう。そこがひょっとして三井寺かその塔頭末寺であるかもしれない。だがそれはもちろん不明なままにしている。

などという憶断はさてとして。でもそれなりに年齢を重ねてからは、ぽつぽつ飛び飛びながら、ではあるが足跡を辿れるのである。そこにはいかな手掛かりがあろう。

はじめに十五歳前後のことだ。いったいどんな伝手なり経緯があってだろう、常陸法雲寺（現、茨城県土浦市、臨済宗寺院）の大顚（だいてん）和尚（のちに鎌倉円覚寺の第一六三世住職、蕉門の俳人、俳号幻吁（げんく））、そのもとにあり青黛頭（せいたいあたま）の小坊主として教学を修めたとされる。これからも芭蕉と繋がる運命的な一本の糸がみえよう。ところでまた「京都」の場合とおなじように「常陸」を生国とする説[*5]の根拠になったろうか。そしてそれから十年ほどの空白のときをへている。

延宝二年（一六七四）頃、二十六歳かそこいらで、乞食坊主となったという。さきにみた「十とせ余り。こゝろざしの至るに任せて。乞丐（コツガイ）のまねをしあるきけり」（「返店ノ文」）とあるように。はたしてそうなるには何があったものだろう。これはたいへん重要なことである。そこにはあるいは破門ということで、寺を追い出されたり、ではなくて、自ら飛び出したり、なにがしかの事情があったはずだ。しかしながらこれも曖昧にしているのである。そしてそれからその後どこでどうしているか。それがまたもや十年の空白のときがある。

天和三年（一六八三）。三十五歳。

なんともはるか筑紫へ行脚しているという。筑紫にはかつての師僧寂源がおられその関係もあったか（なお九州には後年にも滞在する。このことから「筑紫」生国説がでてきた）。そしてその後に沙弥（一般に、出家していまだ具足戒「仏教で遵守すべき戒」を受けず正式の僧になっていない修行者）に戻ったものか、さきの常陸法雲寺の大顚和尚が晩年、伊豆の国蛭が小島（源頼朝の流刑地として知られる伊豆の国市四日町の古跡）に近い浄因寺に住んでおり、どれほどだろうか当地に寄寓しているのである。

貞享元年（一六八四）。三十六歳。

それからまた寺を出たのであろう。またしても乞食坊主として京都、湖南あたりを流浪している。これがざっと芭蕉に出会う以前の路通というのである。しかしなんという、生誕幼少時の不明ぶりから十年あたり間をおく空白だらけの青年期以後の変転、きわまりなさだろう。そうしてなんだかんだもう中年になってしまっているのだ。

というところで唐突にも浮かぶ作品があるのである。これが江戸期の俳諧師についてふれるには、ふさわしからぬ、ふしぎなアメリカの前衛的な劇映画である。

●「カメレオンマン」

「カメレオンマン」（ウディ・アレン監督・脚本・主演　一九八三）。一九二〇〜三〇年代のアメリカに、レナード・ゼリグという変わったユダヤ人がいた。彼は、カメレオンさながら、その周りの環境にすわ感応、身体つきも、言語、性格までも変化させて、あっちこっちに現れ大騒動を起こしてしまう。なんと日本の相撲取りにまじれば、それらしく髷姿の肥満体になる。なんともおかしくも哀しいコメディである。

どんなものであろう。ゼリグは、ユダヤ人であるためにどんな人種、民族、国民、誰彼にでもなりきって生きざるをえない。しかしなぜそんな奇天烈なことになったか。ゼリグは、小さい頃からいじめられっ子で、『白鯨』を読んでいないといって馬鹿にされることを恐れて「読んだ」と嘘をついた。そのときから変身するようになり、カメレオンとなったのだ。

そこで路通である。路通は、ゼリグではないが孤児であるために、人の顔色を窺い詐話（さわ）に近く身の上話を繰り返す、カメレオン坊主ならざるをえない。見知らぬ父母のことから、修学、遍歴、芭蕉との関係などなど。

嘘、作り話。それもそっくり「その周りの環境にすわ感応、身体つきも精神をも変えて」までするような。つまるところ〈なりきり〉になるしだい。じつはこれこそがなおその、生涯の不明を倍加、させるゆえんのものなのだ。そうしてひるがえっては、我が身に降り懸かる禍、のもとともなるのである。このことはぜひ気に留めておかれたい。

貞享二年（一六八五）。三十七歳。

三月、さきにみたように芭蕉と路通の出会いがあったときである。そうなのだが、すぐそこにいかないでその前に立ち止まってしっかとみておきたい、ところがある。芭蕉は、『野ざらし紀行』の第一歩、深川の草庵を出て西下、富士川のほとりで「三ッ計（ばかり）なる捨子の哀げに泣有（なくあり）」、というシーンに逢着している。でつぎのように詠むにいたるのだ。

猿を聞人捨子に秋の風いかに　　芭蕉

いかにぞや、汝ちゝに悪まれたるか、母にうとまれたるか。ちゝは汝を悪にあらじ、母は汝をうとむにあらじ。唯これ天にして、汝が性のつたなきをなけ。

晩秋の頃、甲高い声を上げて叫ぶ猿の声は、古来哀しみの象徴として詩歌に詠まれてきた。杜甫の「秋興八首」の一句「猿ヲ聴イテ実ニ下ダス三声ノ涙」をはじめ、三声断腸、哀猿風騒の詩想は数多い。

句は、「猿を聞人」よ、いったい子を失くした猿の鳴き声と捨て子の泣き声といずれが胸を塞ごうか、の謂。芭蕉は、ときに捨て子を救うに救えない。どうしようもなく「袂より喰物なげてとをる」しかないのである。でもって「汝が性のつたなきをなけ」ごめんする。とそのように掌を合わせ、踵を返したのである。このことをよく記憶されておかれよ。ほかでもない、このあともふいとこの捨て子のことが思い出されてならなかった、であろうからだ。

●うろくと

ときに芭蕉四十一歳、路通三十七歳。これがなんとも、年も食って、その「いろしろき」はさて乞食坊主ぶりはといったら、目を背ける、ふうだったろう。乞食は、いまとおなじ当時すでに忌むべき存在として一般には蔑まれていた。ところでいま乞食坊主ぶりといったが、いったいどんな容貌体型であったのか。ここであらかじめ、のちに自らを詠んだ句をみて、おくことにしよう。そのようにしないと、なんとなし脚の無い人の話をしている、あんばいだろうから。

うろ〳〵と肥(こえ)た因果(いんぐわ)に暑かな　（きれ〴〵）

ちなみに右は五十歳頃、壮年過ぎの作であるが、「うろ〳〵」と歩こうにも肥えた身にこの暑さはがまんならんよ、の謂。路通は、どうやらこの句から想像するにいささか太り気味だったらしい。ぽっちゃりと腹の出た人に腹の黒い者はあまりない。ほんとうにぱっと見にも人が良さそうだったろう。そしてそのために哀れを誘うようでもあったか。

俳聖と、乞食と。ところでおよそ出会うべくもなさそうな両者がどうしてまた鉢合わせたものであろう。そこらをいま一度確かめておこう。

路通は、ときに膳所松本で『徒然草』を講じる乞食坊主として近隣に囁かれていた。芭蕉は、路通のことを「松もとにてつれ〳〵(徒然草)よミたる狂隠者(きょういんじゃ)」(江左尚白(えさしょうはく)宛書簡　次章述)と書いている。とするとこれは伝聞ではなさそうだ。がふつうには門付けをやるかと、はたまた往来の者に喜捨を仰ぐ辻立ちをする、そのような日暮らしだったろう。路通は、だとするとその身過ぎ世過ぎからして周りからは願人(がんにん)坊主「人に代わって願かけの修行・水垢離(みずごり)などをした乞食僧」(広辞苑・部分)もどきに見られていただろう。願人は浄瑠璃語りもしたというよし、路通の『徒然草』講もそれらしくあったか。

ついてはそのとき当地の門人の誰かが芭蕉にその話をしたとおぼしい。歌詠みの、おかしな名物乞食坊主がおって、云々と。芭蕉は、ときにそれを聞き心動かされて会う段取りとなったか。そうではなくその西上を待って路通のほうが芭蕉に会うべく手筈をつけたのだろうか。いずれどちらかだろう。だがわたしは後者とみたくある。それはどうしてなのか。

芭蕉は、路通を知るよしもなかった。そうだけど違うのである。路通は、芭蕉を知っていただろうからだ。さきにみた寂源や大顚をとおして。また湖南に蕉門は数多い。おそらくその周囲の誰かから噂を聞きその句を精読していたろう。たとえば『虚栗』(天和三年〔一六八三〕)の「芭蕉野分して盥に雨を聞く夜哉」「櫓の声波を打つて腸凍る夜や涙」ら名吟ほかを。そしてはっきりと心していたのである。

——芭蕉さんは、人に指さされ唾される自分のような薦被りごとき群れに身を投じん心立てときく。この人を師と仰ごう、生涯ずっと……。

路通は、これからのちの行動を考えに入れるならば、それぐらいさきを読み通す能才であったはずだ。芭蕉は、しかしなぜその垢染みた乞食しだいと出会してすぐ、ときになにがしかの遣り取りはあったろうが、ほとんど即座にして弟子として応接したものやら。

それはそう、いわずもがな。それこそ路通が歌を詠む乞食、風雅の道を志す薦被りであったからである、ほかでない。

●薦を着て

ところでどんなものだろう、このとき芭蕉のうちでは、わだかまっていたのでないか。ずっとあの「汝が性のつたなきをなけ」と掌を合わせ踵を反した「捨子」のことが。

――じつはあの「捨子」に立ち止まり、それと差しのばす仏の門の手があって長らえた、それが目の前の乞食ではないか……。

芭蕉は、しかしこの奇縁について胸深くにして生涯にわたり他言しなかったろう。ぜったいに誰にも秘めて明かさなかった。

風雅と、乞食と。これに関わっては、芭蕉真蹟「乞食の翁」句文懐紙（天和元年頃）、それを当たられよ。こんな一節がある。

「閑素茅舎の芭蕉にかくれて、自乞食の翁とよぶ」

「閑素茅舎」とは、芭蕉の最初の庵、泊船堂のこと。ひっそりと草の庵の芭蕉葉にかくれて、自らを乞食の翁と呼び暮らさんと、の謂。なまなかでない乞食への思い入れが憧憬がうかがえよう。

いま一つ挙げる。ここでかの有名な歳旦吟をみてみよう。

元禄三年元旦みやこ近きあたりにとしをむかへて

薦を着て誰人います花の春　**芭蕉**（真蹟草稿）

これは敬愛する西行が多く乞食を詠んだ逸事への賛である。「薦」は、乞食の衣。一句は、都の春に喜捨を仰ぐ薦被りの群の多く、きっとそのなかに「誰人」ならぬ敬愛する西行さんもおいでよ、の謂。芭蕉は、これを「歳旦帖」（歳旦開きに披露する句帖）に載せたが、元旦の句に薦被りとは縁起でもないとの非難があった。芭蕉は、これに対して大垣藩藩士で一家揃って蕉門の宮崎荊口の息子、此筋・千川兄弟宛書簡で以下のように応えている。

五百年来昔、西行の『撰集抄』に多くの乞食をあげられ候。愚眼ゆゑよき人見付けざる悲しさに、再び西上人をおもひかへしたるまでに御座候。京の者どもは、薦被りを引付の巻頭に何事にやと申し候由、あさましく候。（元禄三年四月十日付）

「京の者ども」への「あさましく候」ぞと。激越な、あまりなるようすにあきれる、の一喝。これぞ芭蕉の面目だろう。

●『小説　芭蕉』

このことに関わっていま一人の仕事をここで引くことにする。さきの〈先達〉の水上さん。くわうるにまた、このたびの執筆のきっかけ、呼び水、ともなった〈小説〉がある、それにおよぼう。

多田裕計（一九一二〜八〇）、福井市生まれ（水上さんと同様、偶然ながら同郷）、作家・俳人。「長江デルタ」（昭一六）で芥川賞受賞。俳句雑誌「れもん」主宰者。いまこの名を知る人は多くはない。いやそれどころか、ほとんどまったく誰からも忘れられてしまった、といっていい。かくいうわ

郵便はがき

料金受取人払郵便

麹町支店承認

6747

差出有効期間
平成29年1月
9日まで

切手を貼らずに
お出しください

102-8790

102

[受取人]
東京都千代田区
飯田橋2—7—4
株式会社作品社
営業部読者係 行

【書籍ご購入お申し込み欄】

お問い合わせ 作品社営業部
TEL 03(3262)9753／FAX 03(3262)9757

小社へ直接ご注文の場合は、このはがきでお申し込み下さい。宅急便でご自宅までお届けいたします。送料は冊数に関係なく300円（ただしご購入の金額が1500円以上の場合は無料）、手数料は一律230円です。お申し込みから一週間前後で宅配いたします。書籍代金（税込）、送料、手数料は、お届け時にお支払い下さい。

書名	定価 円	冊
書名	定価 円	冊
書名	定価 円	冊
お名前	TEL ( )	
ご住所 〒		

フリガナ
お名前

男・女　　　歳

ご住所
〒

Eメール
アドレス

ご職業

ご購入図書名

●本書をお求めになった書店名

●ご購読の新聞・雑誌名

●本書を何でお知りになりましたか。

イ　店頭で

ロ　友人・知人の推薦

ハ　広告をみて（　　　　）

ニ　書評・紹介記事をみて（　　　　）

ホ　その他（　　　　）

●本書についてのご感想をお聞かせください。

ご購入ありがとうございました。このカードによる皆様のご意見は、今後の出版の貴重な資料として生かしていきたいと存じます。また、ご記入いただいたご住所、Eメールアドレスに、小社の出版物のご案内をさしあげることがあります。上記以外の目的で、お客様の個人情報を使用することはありません。

たしも何ひとつとして、ほんとまるで読んだこともなかった。手にした、本はこれ。
『小説　芭蕉』[*6]（以下、『小説』と略す）。

昭和三十八年、著者、五十一歳。いっとう脂が乗ったときに成った作といえる。三部作仕立てで原稿用紙にして三百十一枚。それはどんな物語であるのか。ついては構成からみたい。

第一部「名月の人」。まずこの章題に留意されたし。名月を仰ぐ心にこそ、風雅を極める道がある。著者は、そのように思い定めて稿に向かうのである。

第二部「閉関日誌」。「閉関（へいかん）」とは、元禄六年（一六九三）、芭蕉、五十歳のとき約一ヶ月間、草庵の門を閉じ隠棲した一件。ここでは芭蕉と、蕉門最古参の派手者の宝井其角（きかく）と、ふたりを相対し、両者の俳句観と処世の対立と和解が描かれる。

第三部「湖南まで」、家族や一切を捨てて最後の湖南の旅に出る芭蕉。だが生涯を賭して求めた〈軽み〉の境地は門下の理解を得ず、老いを深め孤絶する芭蕉がのぞむ風雅の究極とは何かを問う。

そこでまず薦被りの路通をめぐって。このように『小説』にみえる。

「其角、嵐雪（らんせつ）、去来（きょらい）、丈草（じょうそう）、荷兮（かけい）、木因（ぼくいん）、北枝（ほくし）、土芳（とほう）、猿雖（えんすい）、それから誰も彼も、己れの門人はみな相当の家系から出ている。生業と米塩の資にも恵まれているばかりだ。独りこの路通だけが、憐れな放浪乞食だ。将来かけて何うあろうと、己れだけはこの者を最後まで決して見捨てまい。満月の光が野の土塊をさえ、万遍なく照らすように」

たしかにここに挙がる名前以外にも蕉門についていえば武士、医家、豪商、豪農、高僧などほとんど上流階級の出なのである。これからも芭蕉にとって「憐れな放浪乞食」がいかなる存在であるか理解されよう。

いかにも「己れの門人はみな相当の家系から出ている」のである。しかしながらかくいう芭蕉自身はどんなものだろう。もとよりこれと「生業」などありえない。そしてこのときぶち明けた話がとても「米塩の資にも恵まれている」といえる身の上ではなかったのである。それだからなおさら路通のことを身近におぼえたのであろう。というところでここから、芭蕉を中心にひろく俳諧師の懐事情というか実入りに焦点、をあわせてみてゆこう。

●米塩の資

芭蕉の生家は、平氏の末流を名乗る一族で、苗字帯刀こそ許されていたが身分は無足人(地侍級の農民)だ。生活は苦しく若くして伊賀国上野の侍大将藤堂新七郎良清の嗣子、主計良忠に仕える。良忠は、貞門派(江戸時代前期の歌人・俳人松永貞徳によって提唱された流派)俳人北村季吟を師に俳諧を嗜んでいた。その相手になって俳席にはべる。それが芭蕉の出発である。

寛文十二年(一六七二)。二十八歳。初の撰集『貝おほひ』を伊賀天満宮に奉納(祈願を込め手向け)、伊賀俳壇で地位を得た後、仕官を退き江戸へ出て、俳諧修行を積む。延宝五年(一六七七)、三十三歳で立机(宗匠の資格を保持)、江戸俳壇の中心地、日本橋に居を定める。しかしながら業俳(職業的な俳諧師)になったとはいえ、芭蕉の性格を思えば日々の算段は苦しく、副業として四年近く神田上水の水道工事の書き取り事務に就いている。

ふつうは宗匠になれば、句席(句筵)ごとに点料(判定料)、入花料(添削・投句料)ほかを徴収。

くわえて個人指導、寄進収入などがある。いったい俳諧は庶民の文芸とされる。だけどそれを嗜むのはもっぱら上のクラスである。長屋の熊八でなく、大家のご隠居さんだ。というのでそれなりの生活あるいはそれ以上ものぞめることになる（ついでながら現在いまこのときの結社主宰者も江戸期同様の会費他納入システムを維持しておいでだ）。

ところで当時は連句（俳諧の連歌）が主流であり、連衆が集い、一晩がかりで長句「五七五」と短句「七七」を繋げて一巻を巻いてゆく。おもな形式に「歌仙」（三十六句）がある。もともとは「百韻」（百句）が基本とされた。なんとそれを十巻集めた十百韻（とっぴゃくいん）（千句）、百巻集めた万句もあった。これからも句席と連衆が多くあれば、それだけ宗匠の懐中も豊かになる。

そしてその句席であるが、連句の最初の一句（立句）が発句であり、第一句目だけに心がはいり名句佳吟がより多くみられ、この頃には発句のみの句集が出はじめる。でこの句集上板の斡旋や序跋執筆も宗匠の役得となる。そこにきて江戸の宗匠たちの多くは有産の者でかつ生業があって、実入りもそれは相応あるのだが、金や名声への欲がつよく、点取俳諧興業（宗匠は「点者」として採点する点業で報酬を得る。江戸では点業の寡占化を図り、江戸座と呼ばれる宗匠組合を結成）、はては弟子の数の競い合いに終始していた。

そんなにまでも退廃した亡者らに嫌悪しかおぼえない。三年後、芭蕉は、日本橋を去って、隅田川東岸の深川に草庵を結び隠棲する。その生活を支えたのが篤い門下たちで、なかでも築地は幕府御用達の魚問屋を営む杉山杉風（さんぷう）は終生の援助者となった。ところがそこも災禍に見舞われるのである。

天和二年（一六八二）師走、天和の大火（八百屋お七の火事）で芭蕉庵を焼失。翌年冬には庵は再建された。芭蕉は、だがこの一件から棲家への執着をなくす。そうしてなお一層漂泊の夢、一所不住に憧れるのである。そのことに関わって江戸での声価などは端（はな）からたのまず、それこそ旅を住まいとする、結果としてみれば地方のそこここへ蕉門をひろめたのだ。

芭蕉は、それはさて清廉の士であったからその生活は楽ではなかった。というよりそれはおよそ生涯にわたることだが、どうしようもなく困窮していたといっていい。つまるところもっぱら、生計は門下の援助や誰彼の寄進、にたよるようだった。

くわうるにそこには世間に洩れないように秘めた事情があったのである。それは扶養家族である。じつはときに芭蕉には養うべき家族があったのだ。それもわけありも要領のよくえない。若年の日に芭蕉が愛した女人、寿貞（じゅてい）（尼）と、その三人の連れ子、一男、次郎兵衛、二女、まさ、ふう、である。寿貞の出自は不祥だが、伊賀の生まれ。また三人の子の父親は誰か。次郎兵衛は芭蕉との間に生まれた、二女は芭蕉と別れた後の子でないか、という説があるが詳らかでない。だがこのとき芭蕉を追って江戸に出てきた母子は庵に同居していたのだ。とするとやはりどうしても養育すべきような関係であったのであろうか。

そのようなわけでこれだけの数の口を糊しなければならないというのだ。点取りにも手を出さない、弟子の数も増やさない。という芭蕉のような一途このうえない生き方を貫こうとする人間にとって大抵でない。肩の荷を捨てたい、がしかし悩ましくも、捨て切る胆（はら）がない。そんなところに路通が飄然と登場したのである。

●いざともに

芭蕉にとって、乞食は、世間でいう敗者などではなく、虚飾と堕落の濁世を見限った、見上げるべき人士でこそあった。であれば芭蕉にすると、「野の土塊」路通は、まさしく当の「薦を着て」の人であった。芭蕉は、ときに深く頷くのだ。

――あえていうならば、西行さんも己も乞食に憧れる身分の者、でしかないのである。そればかりか己は係累も捨てきれない。路通は、だがしかし本物なのである……。

芭蕉と、路通と。このとき両者は直ぐに心打ち解けたろう。相互に深く理解し合った。そうしてその場で入門を認めたのである。だがときに、どれほどの時間を共有したものか、わからない。おそらく旅の途次であれば短い日時であった。ふたりは必ずの再会を期して西東へ別れたのだ。だがそれがどうだろう。路通は、なんと出会って旬日もない四月初めのこと、わざわざ芭蕉を追いかけて尾張は熱田まで来ている。いったいなにがあって。

このとき急な用があった。じつはこの間、路通は、その昔の師であり、芭蕉とも親交のあった前述の大顚和尚の遷化の報に接した。でそれをじかに師に伝えるためという。『野ざらし紀行』にある。

伊豆の国蛭が小嶋の桑門(僧侶)、これも去年の秋より行脚しけるに我が名を聞て草の枕の道づれにもと、尾張の国まで跡をしたひ来りければ、

いざともに穂麦喰はん草枕

此僧予に告げていはく、円覚寺の大顛和尚今年陸〔睦〕月の初、迁化し玉ふよし。

「蛭が小嶋の桑門」とは、そのさき若年にこの地で大顛に学んだ路通である。芭蕉は、ときにその表情を読みとって初な弟子にしばらくの随行を許していた。

――路通、それでは折しも麦の稔る季であれば、「いざともに穂麦（旅空で携行する粗食な麦飯）喰はん」とせんか……。

ところでいま路通のこの際にとった行動をいかに受けとられよう。わたしはこの足まめさこまめさをみて感じるのである。そこにはどういうか、乞食坊主に独自の感情表現の仕方、があったのではないか。でなければ言葉は良くないが計算が働いていたか。そのあたりの機微はこれからのち子細にみていこう。

それはさてとして、それからどこでどうしていたか、『徒然草』語りや辻立ち門付け、願人坊主まがいの所業やら雑多に、そこここでやっていたのだろう、とでもするほかない。ほんとうにまったく資料がないのである。「満月の光」がなければ、「野の土塊」またあらず。まさにそう、芭蕉がなければ、路通またあらず、なのである。

でここであらかじめ路通をめぐる、おおかたの見方についてみておこう。あらかたは芭蕉に付随してのもので、つぎのような見方が大勢なのである。俳諧史研究では著名な学究・中村俊定。じつはこのお方がかく申しておられる。このことが正しいかどうか。そうでなく誤っているのか。このあと次章から辿る路通を考える一助に引いておく。

「芭蕉は路通を乞食の姿で発見した。彼の眼のかゞやきに『薦着ています』聖の俤を見たかもしれない。彼は三史文選を語る乞食であつた。疏食をくらひ水をのみ、肘を枕として眠る市井の隠者の姿を見たかもしれない。が彼に対するイメエジは時と共に一枚一枚剝がれていつた。そこには烈しい意欲と弱い意志と、驕慢と怯懦との凡そ矛盾した煩悩人間路通があるのみだつた」[*7]

どんなものだろう。路通は、ここでは『徒然草』ではなく「三史（中国古代の史書、史記・漢書・後漢書）文選（中国の周から梁に至る千年間の詩文集）を語る乞食」となっている。これはどんな文献を典拠にしているのか。わからないが、いずれにしても、学識の広さ、造詣の深さ、をうかがわせるあかし、とみていいか。しかるにこの断定と酷評はどうだろう。

などとはさて、もちろんのことこちらは学究が蔑視する「煩悩人間路通」にこそ真実の存在をみるものであるのは、いうまでもない。

路通、再登場。それまでは、かれこれ三年間ほどの、ときがある。

＊1「路通雑記」「『夜聖』と路通の年齢」藤木三郎（『芭蕉と路通』岩波ブックサービスセンター　平六）
＊2 同上右
＊3『蕉門俳人年譜集』石川真弘（前田書店　昭五二）

＊4『定本・山頭火全集　第六巻』（春陽堂　昭五一）
＊5「『蛭が小嶋の桑門』は路通――路通緒考」大礒義雄（『芭蕉と蕉門俳人』八木書店　平九）
＊6『小説　芭蕉』多田裕計（学習研究社　昭三九）
＊7「路通―常の人路通―」中村俊定（『俳諧史の諸問題』笠間書院　昭四五）

㈡ 行衛なき方を

●菊の終り

元禄元年（一六八八）。四十歳。

春、路通は、はるばると芭蕉を頼って江戸は深川の庵へやってくる。いやこれがこの御仁らしく、まるで音信もなしでという。芭蕉は、しかし前年の十月から『更科紀行』の旅中で不在である。そうしてみると主人が不在な庵、そこにはひっそりと、芭蕉の一樹が佇むだけであった。路傍で途方に暮れしょんぼりの、小汚い中年のたちんぼう。それをみて憐れに感じた者があった。でその世話で庵隣の長屋の端の一間を斡旋され住まうのだ。そこでどのように暮らしていたろうか。のちの「返店ノ文」にいう。「返店（へんてん）」は、貸間引き払い、の謂。持ち物は、ヒビ割れ鍋一つ、ボロ蚊帳一張り。

旅店ハわづかの板庇（ビサシ）なり。是ハ貧（マヅ）しき人々のすむ。長屋の端（ハシ）をしきりて。一間なる所にしつらひたれバ。假のやどりに事かよひて。中〳〵おかしき住居なりけり。月の末にハ。家のあるしなりける人に少づゝのあたひをやる。

「旅店」は、貸間。店賃は月末、あるとき払いだった。どうだろう、ここらの経緯をみるにつけ、周囲の者を呼び込む空気（オーラ）を、それとなくも放出していた、のでないか。

八月末、芭蕉が、そこらの事情を存知ないまま、帰庵する。ほんとうに、このときの師と弟子の驚き喜びぶりは、いかばかりか。早速、『笈日記（おひにっき）』によると、九月十日、山口素堂（そどう）亭での「残菊の宴」に芭蕉に従い出席、其角、服部嵐雪、越智越人（えつじん）ほか七名と連なる。句席は芭蕉の「いざよひのいづれか今朝に残る菊」の立句に始まる。路通の句が載った最初だ。であらかじめ断っておくが、句解については以下、わたしなりの読みにすぎない。だからむろん曲解乃至誤解もなくはない。そこらは差し引いて見られたし。路通は、ときに詠むのだ。

残菊はまことの菊の終りかな　（笈日記）

「残菊」は、重陽（ちょうよう）（陰暦九月九日）を過ぎて咲いている菊。秋の終わりまで残った花。けなげにも枯れ尽きん姿を見るにつけ、しっかりと心しておかん、いますぐにも来ん厳しい冬が偲ばれるよ、の謂。そのようにこののち俳諧の道を歩む覚悟を決めようというしだい。これをもって一座への挨拶にかえたのだろう。

十三日夜、つづき芭蕉庵で催された観月の句筵に連なる。ときの句にある。

後の月名にも我名は似ざりけり　（仝）

蕉翁より賜った「我名」路通とは、これをおもうに風雅の路に通じよとの期待を込めての命名とおぼしく、くわえてゆくえ定めぬ身を含んでのこと（なんとも芭蕉がこの俳号にこめた意味のほどは奥深くないか）。そのとおりこれからも止むことなく歩きつづけるばかりなり。であるなら八月十五日夜に対して言う「後の月」（陰暦九月十三夜の月）なる呼び方は馴染まぬものよ、の謂。そう、前も、後も、ない。芭蕉の言葉にある。「道路に死なん、これ天の命なり」（『奥の細道』）。

芭蕉は、ところでこの席でつぎのように詠んでおいでだ。

木曾の痩もまだなほらぬに後の月　芭蕉

さきには『更科紀行』の途次、姨捨山に上る名月を拝したが、その長旅の疲れも癒えぬうちに十三夜の月を迎えるとは嬉しいかぎりよ、の謂。そのウラには路通とともに、おなじ月を仰ぐ喜ばしさ、もそれと含意されていよう。

十月、芭蕉の「其かたちみばや枯木の杖の長ケ」を立句に素堂、河合曾良ほかと歌仙を巻く。その折の師弟の付句にある。

かほのほくろをくやむ乙(おと)の子　　路通
舞衣むなしくたたむ箱の内　　芭蕉

――御師、顔の黒子がなければ晴れの舞台を務めえたのにと悔やむ「乙の子（末娘＝路通?）」、と詠みますが……。

――路通、可哀想そうな娘が舞い衣裳を「むなしく」箱に仕舞っているよ、と付けるのは……。などとなんとも息の合った師弟の受け答えようではないか。しかしひとしお可愛い末娘に黒子をつけてしまう。ここらあたりに乞食の聖痕(スティグマ)の持主たる路通の底深い屈託がみられようか。そしてそれへの芭蕉の付句のよろしさ。これぞ「匂付(においづけ)」なる、前句の余情を受けてそれに応じるような付句、そのお手本なり。ここらあたりに俳諧の情、挨拶の心がうかがえるか。

というところで路通をめぐって。つぎのような見方をするとどうか。境涯俳句、そのような言い方があるが、よりもっと己に即するとそう、乞食俳句。

路通は、つらつらみるにつけ、はじめからその途を歩むほかないとつよく自ら恃むところあった、とおぼしいのである。すなわちよく師の心を察するしだい、それこそ乞食坊主として、はっきりと己を知り抜いていたのだ。いまたとえて蕉門に千人ありとしよう。そのなかに俊英は幾多もあろう。そしてまた僧侶もおいでだ。だがしかし薦被りはわれのみ。ことこのほうにかぎれば他の誰彼の追随を許さないのはあきらかである。

それはさて舌を巻くしかない。なんともこれが和歌から俳諧に転じて三年の期日の吟というのである。そこで考えられる。路通は、じつはこの間におそらく、近江、美濃、尾張、伊豆と東海道筋の、江戸に来たれば江戸の、蕉門の誰彼を訪ねて、作句の研鑽に励んだか。あるいはそんな、ぬけぬけともして翁との契りを語りおよんだりして、ありうることだ。路通は、広く人と交わった。頭を下げた。むろんのことそうしなければ生存(サバイバル)してこられなかったからだ。

それにしても初心面してまことに悪達者もよろしいか。このときに一座の者はきっと目を見合わせたろう。芭蕉さんもさぞご満悦であったやら。

——路通、おぬし、なかなか出来るのう……。

●火桶抱いて

元禄元年秋、ともかくも、まあまあ上々の蕉門デビュー、をはたした。以後、路通は、芭蕉に従って多くの句席に連なる。この冬、芭蕉、曾良らと巻いた七吟歌仙、路通の立句にある。

雪の夜は竹馬(たけま)の跡(あと)に我つれよ　(幽蘭集)

ファンタジック、にしてかつ、センチメンタル。ひょっとしてこれなどは欠損した子供時代への憧憬がつくらせるものなのか。「竹馬」は「葉のついた竹の元の方に紐をかけ、これを馬になぞらえて、小児が竹竿の先にまたがって遊ぶもの」(広辞苑・部分)。どこか、おかしくもちょっと哀しい句ではないだろうか、これは。

ところでこの年にすでにして、のちに代表句としてよく引用される、つぎのような吟をものしている。


火桶（ひをけ）抱（だい）ておとがひ臍（ほぞ）をかくしける　（いつを昔）

一句は、あまりの寒さに火桶を抱いて下顎と臍がくっつくほど、かがんであわせて恥多く佶屈した胸中をも隠してしまおう、の謂。なんともひねこびて哀切たっぷりの一幅ではないだろうか。ここにはすでにして、路通にしか詠むことの叶わない境地、がよくあらわれている。芭蕉は、膳所蕉門、江左尚白宛書簡にこの句を挙げて「此作者ハ」としてさきの引用（二五頁）につづけて満足げに書いている「今我隣庵に有（あり）俳作妙を得たり」（元禄元年十二月五日付）と。尚白は大津在、あるいは従前より路通をよく見知っていたか。芭蕉は、なおこの書簡中で路通を「狂隠者」といった。なるほど路通を喝破した見事な一言でないか。そしてそれだけでない。芭蕉は、これにくわえて同日付け其角宛書簡で当句をそれこそ最大級の言葉で激賞しているのである。

「草庵の侘会、其おもしろさ、路通が妙作、驚レ鬼計に候」

なんともなんと鬼も驚くばかりまでと。こんなにも芭蕉が手放しで絶賛しようとは！　ところでこの一句はつぎの成句によっている。「支離疏（しりそ）ナル者頤臍（いせい）ヲ隠ス」（荘子　人間世篇）。「支離疏」は、不具者の名。これを踏まえて、「狂隠者」たるみずからをその同類になぞらえること、「頤（あご）が落ちる」（寒くて震え上がるさま）と「臍を見せる」（腹の内を見せる）とを掛けて、おかしく「かくす」とした。そのあたりが「俳作妙を得たり」であり「妙作、驚レ鬼計に」なのであろう。

路通は、これをみるにつけても寺にあって仏典はもちろん漢籍さらには和書もずいぶん読んでいたとおぼしい。もとよりそこいらの末寺の住職におさまっているか、はたまたどこかの大寺の要職につけるわけではない。そんなわけでずいぶん早くから身の上を知って考えていたとみられる。でおもうにやがて生来の才に気づきはじめ、いわくある身の上だからこそ、なおのこと文芸の道に憧れたのであろう。歌道に勤しむほかに、かの『徒然草』ほか、古典を諳んじている。くわえてその句作や文藻をみるにつけ漢詩も相当にしたらしい。

いつか寺を離れよう。そうして風雅の道をゆかん。そんなわけでそれだけ向学心が人一倍つよかったとおぼしい。このことでもまた寺を逃げて作家を目指した水上さんが思い出されるのである。いつかそこらのことをきくと氏はつぎのように笑いなかばおっしゃるのである。

――そりゃ「習わぬ経を読む」なんで。よくしたもので、それがしぜんに血となり肉となっている、というわけですよ……。

まあこれには驚かされたものだ。なんとも作家の該博な知識はというと、ほとんど小僧の時分の修学によるとか。いやちょっと凄いことでないか。それではないが、ここでの荘子を踏まえての句作の冴えようは、どんなものだろう。ほんとうに、じつにこの見事な自虐的、自画像の一幅といったら、なんという。これはそんじょそこらの才能ではないあかしなるなり。このように自己を客観視してみせて、それをよく戯画化し一句となしうる。これぞ俳諧の妙味で真髄なろう。

いやなんともまったく天晴れというものでないか。

この師走十七日、芭蕉庵にて、翁と江戸蕉門の曾良をはじめ八人で、杜甫の「貧交行」の詩にならい、いかにも俳諧的趣向よろしく「深川八貧」と題し「貧」にちなんだ句を詠む。ちなみに杜甫は「貧交行」において、斉の宰相であった管中は、友人鮑叔牙が貧困に陥った後も親交を保った、いわゆる「管鮑の交わり」におよぶ。芭蕉は、これをもって門下訓としたのだろう。この折の路通に与えられた題は「めしたき」。でつぎの一句を披露するのだ。

はつ雪や菜食一釜たき出す　（路通真蹟　芭蕉二百六十年忌記念展覧目録）

冷たい雪の吹き込む土間の竈で、菜っ葉ご飯を炊き、鼻汁を吸り空き腹に掻き込む。それはもうずっとこんな喰い方をしてきたのだろう。だけどまたなんと乞食らしいようす、むさくるしく貧寒なるざまでないか。

●蝙蝠ののどかに

元禄二年（一六八九）。四十一歳。

正月、路通は、不惑すぎ、おそらく初めてふつうに、世間一般がするらしい元日元朝、なるものを迎えたろう。おもえばそんな乞食坊主に正月は御目出度くはないはずだ。いうまでもなく招かれざる客は門を閉ざされて入れられないのだ。外は、むちゃくちゃ、寒い。ひもじいのだ、ほんとひどく。ひるがえって路通はいかに越年していたろう。正月、それはこれまでつねに飢餓線上、くわえてまた、孤独地獄としてあったとおぼしい。そこいらのようすは、それこそ前掲句「はつ雪や……」のごとき、ありさまだったろう。

命危うい正月。どこでどのように新しい年明けを迎えられることやら。年越し、年明け。けっして大袈裟ではない。いやほんとうに乞食にはこの候ばかりは絶望だったのである。路通は、これからのち各年、どこでどのように越年することになるか、注意してみてゆこう。

そのことでいえば、この年にかぎっては、違ってしまっているのだ。路通は、おそらくおぼえなく、凧揚げにも羽根突きにも微笑まれて、ならなかったろう。いやそう、門松、にさえも。それはそうだ、いわずもがな前年に蕉門デビューを無事に天晴れにはたした、だからである。しかもこのときは芭蕉庵の隣に長屋住まいをしていた。そのように、それまでになく明るく迎えた新しい年ではあるがさて、いかがなものか。

三月、芭蕉七部集の一つ『阿羅野』上板。そこになんと初めて路通の作が九句も多く入集しているのだ。まずはその幾つかを挙げてみたい。

はつ雪や先草履(まづざうり)にて隣(となり)まで　（阿羅野、以下同）
元朝や何となけれど遅ざくら
ころもがへや白きは物に手のつかず
芦(あし)の穂(ほ)やまねく哀(あは)れよりちるあはれ

蜘の巣の是も散行秋のいほ

一句目、前掲の「深川八貧」の最貧相句と大違い、初雪なので嬉しくて、ちょいとお隣さん（芭蕉庵？）に草履がけで飛んでいって、挨拶しても来ようか、の謂。どこかこの句と芭蕉のつぎの句が呼応してないか。

いざさらば雪見にころぶ所まで　芭蕉（花摘）

二句目、しかしながら一転これはどうか。元日元朝だからといって御目出度いことなどない。花期に遅れて咲く桜花、そいつが物珍しく見える程度のことよ、の謂。どうだろうこの構えようといったら。これをみるにつけても骨身に沁みて正月が嫌いだったのがわかろう。

三句目、衣替えは陰暦四月朔日、その日に袷に替える。だけど着たきりの汚れた鼠衣の身なれば、いやどうにも「白」の袷には手が通しがたくあるよ。忘れてくれるな、おいらはお乞食坊主さまだから、笑ってくれよな、の謂。

四句目、枯れ芦が、おいでおいでと招くようすも物淋しくあるが、なんとなし亡き人を思わせかげん、そのうちに散ってしまうさまは哀切きわまるよ。じっさいきょうのいままで多く優しく尽くしてくれた人と辛い別れをしてきたのだからな、の謂。

五句目、主のいない庵、冷たい風に木の葉は吹き飛ばされ、いましも軒端の蜘蛛の巣も風に破られ散ろうか、の謂。これは前年春、翁の姿なき庵を訪ねた折の一景、その季を秋に変えて偲んだ吟なろうか。

一句目は、路通のべつの一面である、飄々とした風体がいい。だけどそれがどうだろう。そのあとの句のどこか斜に構えたような詠みようは。いかにもふてきった荒涼とした句柄ではないだろうか。だがむろんそこらは強面にするところで、おそらくその素性はというと、それはじつにもう繊細でこそあるのだ。このような優しいばかりの句がちらばる。

鴨(かも)の巣(す)の見えたりあるはかくれたり　（阿羅野）
蝙蝠(かうもり)ののどかにつらをさし出(だし)て　（ひさご）
長閑さや鯲(どぢやう)ぐずつく泥の中　（野がらす）

一句目、芦や蒲などの間に掛ける水鳥の巣、みていると水面にふっと浮いたかと、沈んでいて沈んだかと、いつとなし浮いている面白きさまよ、の謂。なんとなしこの遊戯性、浮遊感はよろしくないか。

二句目、蝙蝠のやつときたらいまだ昼寝の夢さめやらず暢気ったらありゃしない、ぼうっとぼんやり寝ぼけ面をさらしているよ、の謂。これなどどこやら自画像らしくみえないか。ところで蝙蝠といえば芭蕉にこんな一句がみえる。

蝙蝠も出でよ浮世の華に鳥　芭蕉

この句は各務支考(しこう)撰『西華集』(元禄一二)に載る。元禄四、五年頃の作とか。支考は「此句はある僧の旅立けるに」餞別として詠んだという。すると蝙蝠に見立てられた僧は路通だろう。芭蕉は、ときにこのように促したとおぼしい。

――路通、いたずらに眠りを貪っておらずお前さんも鳥のように旅を楽しんできたら……。

三句目、みてのとおり句解はなくもがな。「鯰ぐずつく泥の中」、なんてなんとも茫々然と嬉しくなるほど退嬰的な景ではあるだろう。これらの句には路通の小さな動物への温かい眼差しが息づいている。いやしかし、なかなかの手腕というもの、ではないか。

『阿羅野』九句入集。師のおぼえも宜しいかぎり。師に従ってもう連日のように句席に連なっている。それはすこぶる結構なことであった。しかしときに問題があるのである。

●『奥の細道』

じつはこの春になんとも、どうにもちょっと説明がつきそうにない、あることが起こっている。それはなになのかというと、『奥の細道』に関わって持ち上がった随行は誰と、せんかということである。どうしてか。芭蕉＝漂泊の俳人。そのように広くつたわる。だがひるがえってみてほとんど一人旅のけしきはないようである。かならず付きそう誰かがいる。そのことだ。

芭蕉は、この春三月二十七日(新暦五月十六日)、曾良を伴い行脚に発つ。じつはそのときに、齟齬もっといえば事件、があったのである。のちのちまで繕いようのない、どうしようもない、ボタンの掛けちがいが。芭蕉は、じつはそのはじめ随行の連れは路通と心していたのである。これは間違いない。芭蕉は、旅立ちに先立って、信頼篤い豪商で伊賀蕉門の最古参、窪田猿雖宛書簡に、旅の計画を告げて、以下のように述べている。

去年たびより魚類肴味口に払捨、一鉢境界、乞食の身こそたふとけれとうたひに侘し貴僧の跡もなつかしく、猶ことしのたびはやつしやつしてこもかぶるべき心がけにて御座候、其上能道づれ、堅固の修業、道の風雅の乞食尋出し、隣庵に朝夕かたり候而、此僧にさそはれことしもわらぢにてとしをくらし可レ申と、うれしくたのもしく、あたゝかになるを待ち侘て居申候。

(元禄二年閏正月中旬付)

この「貴僧」とは、平安時代中期の天台宗僧、増賀聖人。名利を避け、修行に励み、諸国に遊んだ(参照『今昔物語』巻十二第三十三話)。

おわかりだろう、「道の風雅の乞食」、というのである。しかも「此僧にさそはれ」という。これからも「こもかぶるべき」旅を発案したのが、そもそも路通と考えられないだろうか。随行はどうしたって、路通をおいてほかにない。それがどうしたかげんか、びっくり急に曾良に変えられる、ことになっているという。いやいったい何事があったものか。これがやはり不確かなままである。そこにこんな噂がささやかれる。

一つ、路通は、乞食の身でとかく品行が悪いために問題が多いとした。
一つ、当時、水戸藩が『大日本史』の作成中で、曾良がその調査の一部を担当し、それを路銀(ろぎん)(旅費)とした。
一つ、芭蕉一家をなにかと援助していた杉山杉風が、路通よりも曾良がよし、とつよく推薦した。

どれもが正しそうに思えようが、まずは不品行説、これは前記諸点、などなどを考えれば未だ当たらないはず。芭蕉はここにみるように「能道づれ」「堅固の修業」とまでいっている。

あとの二点、路銀の問題と、杉風の推薦と、芭蕉は、やはりそこで立ち止まったようだ。このことに関わって『小説』はどう書いているか。「……路通には宿命的な性質の欠陥のあることが解った。意志の薄弱と貧しさとからくる、不誠意と人の名を利用する癖である。それでも初めは、芭蕉は折角のことだから、その熱望を入れて路通を奥の旅へ伴う予定であった。だが奥の旅こそは、生涯を賭けての純粋清潔な行(ぎょう)でなければならなかった。とうとう芭蕉は、律儀で地理学にも詳しい曾良の希望を入れることにしたのであった」

「宿命的な性質の欠陥」。このことはおいおい語ってゆくつもりだが。ここで一つ私見を挟もう。ここにいわれるような路通の不品行や欠陥性ということであれば、じつをいうとこの時点ではまだこれといって大事になったような形跡はないはずである。むろん芭蕉の側にも、また門人の間であれ。あらかじめはっきりと断っておけばそれもなにも、これはあえていえば予断というか偏見のするところで、みんなぜんぶボタンの掛けちがいのあとのことだ。

なんぞといま、持ち出しても詮ない話、というものだ。ついてはまず同行の曾良の略歴をみてみよう。

河合曾良、慶安二年(一六四九)、信濃国上諏訪(現、諏訪市)生まれ。路通とほぼ同齢。若くして郷里を離れて、伊勢国長島(現、桑名市)は大智院の住職であった叔父の秀精法師を頼って長島藩に出仕。のちに致仕(禄位を返上)して江戸へ赴き、幕府直属の神道家、吉川惟足に学ぶ。貞享二年(一六八五)頃までには芭蕉に師事する。江戸蕉門の古参で、芭蕉庵の近隣に住み、薪水の労をとる。芭蕉が「性隠閑をこのむ人にて、交金をたつ」(『花膾』)と評する清廉の士だ。貞享四年、芭蕉は、曾良を見込んで『鹿島詣』の旅に随行する。さらにまた地理学では、後年、幕府の命で諸国巡見使(江戸時代、将軍の代替りに五畿七道の幕領、大名領の民情政情を視察するため派遣された役人)に選ばれる専門家でもある。

芭蕉は、「生涯を賭けての純粋清潔な行」たるこの旅の同行者を曾良ときめた。ところでここにいう「曾良の希望を入れることにした」とはどういうことか。

これは神道学者・地理学者として、この度の旅立ちに際して「延喜式神名帳抄録」「名勝備忘録」作成を目指したことだ。また律儀な曾良は、道中『曾良旅日記』を記録している。だけどももし随行が路通であったなら、ひょっとして旅が無事に終わったかどうか、そうしてまた『日記』も期待できなかったか。これをみるにつけ結果としてこの選択はまったく間違いでなかった。

しかしながら、この際の路通の立場を思うと、どんなものか。

――御師、いったいなにあって、そのようにお心変わりなさった、ものでありましょう……。

あまりなる処遇ではないか。路通は、このときどう反応したものやら。こうなりゃ、芭蕉がいない芭蕉庵に隣住まいする理由、なんぞない。さきの引用につづいて『小説』では以下のように簡潔にある。なるほどその通りなのだろう。

「気の弱い路通は、その気配をさとると、今度の旅出発以前に、ふっと江戸から姿を消し、行方知れずになっていた」

●行衛なき方をぞ

「行方知れず」。とはしかし、いかにも路通らしくは、あるだろう。だけどなんとなし、そんな涙腺にくる、ようではないか。路通は、いったいどんな心当てがあってどこらを彷徨おうとしたろう。やはり『阿羅野』に載る一句にある。

艸庵を捨て出る時
きゆる時は氷もきえてはしる也

固い氷も溶けて水になり、ほとばしり流れ去ってゆく、われもいま意を決すること、長屋間借りを捨て、行雲流水の身とならん、の謂。これはちょっと前のめり感がすぎようか。いわずもがな、こんな潔く勢い良いはず、はありえない。まあそれこそ忸怩たる思いを抱いての旅立ちだったろう。

――御師、ほんといきなり、どうして約束を反故にされた、のでありますか……。

このことでは路通の身を思いやるならば、これはやっぱり、どうしたって芭蕉の落ち度というべきだろう。

――路通、いってくれるな、お前の怒りに返す、ことばとてない。このたびの件については、己を通せず、己を曲げた、すべての非はこちらにある……。

芭蕉は、これからずっとこの件を悔やむこと、ただもう胸を痛みつづけるのである。それはこののちの言動によくうかがえる。

路通は、ところでこのとき芭蕉庵に近い裏長屋に住んでいたのである。鍋の一つと蚊帳一張りの侘び住まい。ついては行脚に当たり綴った「返店ノ文」の終わりにある。

此春も春めきぬれバ。霞の朦（モウ）々たるハ目をくつろげ。梅のかうバしきハ。鼻をうごかし。雲雀のちり〳〵と囀るハ。我に流浪の思ひをすゝむ。嗚呼（アヽ）。いづれの時。いづれの里。いづれの狂人か。同じく此むねをあハれまむ。つながれたる庵はぬしにかへし。彼（カノ）鍋は人にうちくれて。身は笠ひとつのかげを頼ミて。行衛なき方をぞたのしみけり。

これをどのように読んだらいいのか。芭蕉の『野ざらし紀行』の序文。なんとなしそれを偲ばせないだろうか。

「千里に旅立て、路糧（みちかて）をつゝまず、三更月下無何（さんこうげつかむか）に入ると云けむ、むかしの人の杖にすがりて、貞享甲子(貞享元年、一六八四)秋八月江上の破屋をいづる程、風の声そゞろ寒気也」という。「三更」は、真夜中。「無何」は、仙人郷。芭蕉は、そのように述べて厳かに詠むのである。

野ざらしを心に風のしむ身哉　芭蕉

ところで路通はというと、このときおそらく芭蕉への複雑な感情が渦巻いていたことだろう。するとそんな意趣返しではないが、どうやらこの「返店ノ文」の終わりはというと、『野ざらし紀行』を向こうにまわして、ちょっとばかし反抗的にでたのかも。孤児カメレオン坊主。どうしてかやはりそんな児戯的なところがあったようだ。

それはさて「返店ノ文」であるが、さきのように言い置くこと、つぎの句を録しているのである。そしてこれこそ、路通いちばんの佳什(かじゅう)、とされるものだ。

●石に眠らん

肌(はだ)のよき石に眠らん花の山　(いつを昔)

誰もが花見遊山する春、だけど乞食行脚なれば、せめてゆるりと程よい石を枕にして眠りたいものよ、の謂。「石に眠らん」は、「石ニ枕シテ流レニ漱(くちすす)グ」(「蒙求(もうぎゅう)」)による。これぞ乞食路通独壇場なりだ。この一句を挙げて戦後詩人で俳人の安東次男が見事に解く。ここに引用しよう。

「根っからの放浪者が本能的に択びとる材質感が、上五、中七、下五のいたるところに滲み出ていて、しかも純潔が一筋通っている句である。『花の山』は、酒肴のとび散った花見の宴を思わせるところもあるが、その核に、誰もまだ足を踏み入れたことのない深山桜の照りを、感じさせるところがある。無頼の中の理想がある」[*1]

安東次男、さすがに具眼の士である。いや「純潔が一筋通っている」「無頼の中の理想」とは。よくその本質を捉えている。

ところでどんなものだろう。「野ざらし」の芭蕉と、「肌のよき」の路通と。ここでならべてみるとしたら。

求道的と、愉楽(ゆらく)的と。よくよくみればまったく対蹠的なできになっていないか。そうしてこの両句の明白な違いのありようが、またそのまま師弟の性向の違いをあらわす。くわえてここには師への弟子の佶屈した愛憎の激しさがみられよう。わたしは、そこらを踏まえてこれをあえて、師弟愛のこんがらかった挨拶句、とみてつぎのように解してみたい。

――御師、さぞかし、奥の旅は長く厳しくありましょう。やつがれ、花の山に眠りを貪っておるしだいで……。

さて、二月下旬、「行方知れず」の路通は、江戸を立ち、ひとまず馴染みの伊豆蠣島(かきしま)へ向かい、当地にしばらく滞在する。そうしてそれからどこへ参ることになったものか。それはやはり東海道を西上、土地勘があって乞食行脚のしやすい、湖南近江を目指したのだろう。その道みち尾張や美濃ほかの蕉門の誰彼を頼って。ときにはっきりとある心積もりが胸中にあったとおぼしい。

近江には、近江蕉門とも湖南蕉門とも呼ばれる門人が多々いる。膳所藩士の菅沼曲水（翠）や彦根藩士の濱田洒堂（珍碩）など武士階級を初め、大津枡屋町の医師江左尚白ほか、僧侶、商人、農民まで幅広くの人が集っている。蕉門中において称される三十六俳仙、なかに近江の門人は計十二名、江戸五名、尾張美濃で各四名、故郷伊賀で三名、ともっとも多いのである。芭蕉は、しばしばこの地を訪ね門下と多く交わっている。

つぎの年三月、芭蕉が詠んだ有名な一句はその厚誼への挨拶である。

行く春を近江の人と惜しみける　芭蕉（猿蓑）

そういうわけで脚は西の方へ向いているのである。するとつぎの句などはその途のものだろう。

夏艸の我長(タケ)かくす情かな　（いつを昔）
二星(ふたぼし)や独(ひとり)法師は寝もあかず(濁ママ)　（仝）

一句目、これは尾籠な話ながら、ずばり野糞の景だろう。ついてはこの一篇の詩をもって句解に替えることにする。

かふもりが一本／地べたにつき刺されて／たつてゐる
……………
いいところをみつけたもんだな／すぐ土手下の／あの新緑の／こんもりとした灌木のかげだよ
ぐるりと尻をまくつて／しやがんで／こつちをみてゐる
山村暮鳥「野糞先生」[*2]

二句目、七月七日七夕の夜、天の川を隔てて輝く「二星」、鷲座の一等星アルタイル（牽牛星）と琴座の一等星ベガ（織女星）が、一年に一度だけ逢うことを許された夜。だけどわれは「独法師」なれば独り寝するるばかりよ、の謂。二句ともになんとも笑いたいような泣きたいような佳句ではないか。いやほんとこれは侘びしさのきわみなろう。

道中、寺に世話になったり、ときに野宿したり、喜捨を仰いだり。あるいはそんな不幸や法事に会えば経を読みお布施や飲食にめぐまれる。やはりこうした行脚では僧形はよく効力を発揮するのであろう。路通は、どうやら初夏には湖南に入っている。そこでどうしていたか。多くの門人のもとを泊まり歩くやら何かと世話になっている。むろんのこと湖南の者らには迷惑な話でしかない。嫌な顔をされるわ、それと門を閉ざされ、追い払われもした。路通は、だがしかし平気の平左をきめこんだ。そしてそのときが来るのを待ちつづけるのだ。

●海青く〳〵と

それは翁の敦賀到着の日である。曾良は、深川の庵を出てから五ヶ月近く随行してきた。それが旅ももう終わりに近い、八月五日、加賀山中から、底を突いた路銀を工面すべく、伊勢長島は翁の縁者大智院を目指して、一足早く先行した。ときにその曾良から近江の門人らは芭蕉の日程をきく。路通は、そこで知るのだ。

仲秋の名月。さきにわたしは「名月を仰ぐ心にこそ、風雅を極める道がある」といっておいた。芭蕉は、するとどうやらその夜は名月の名所として知られる敦賀は気比の浜においでになるというう。

八月十四日、芭蕉は、敦賀に着き宿へ入る。突然、思いも寄らず、路通が、そこに姿を現すのだ。このときの驚きびっくりぶりを『小説』はつぎのように書いている。

「『お待ちの使いびとが、近江路から見えました。路通様とか……』

と、女中が云った。

『路通?!……』

芭蕉はしばらく絶句するほど驚いた、路通がここへ現われるとは、夢にも思っていなかったからである」

敦賀に芭蕉を出迎える路通。俳聖と問題の弟子の再会。路通は、このとき曲水から託された路銀と、書状を携えていた。その際の曲水の送別吟にある。

路通つるがへおもひ立ける餞別に
剃立のつむり哀れや秋の風　　曲水（花摘）

剃り立ての薄ら寒げな青い頭、小太りの小汚い、よれよれの鼠衣の一枚きりという。ほんとうにその姿は「哀れや」の感ひとしおだったか。それはさてどうだろう。こんなふうに哀れさを催させる切なげなようす。これまたこの身ならば人の関心を買うには効があったか。

芭蕉は、ところでこのときまったく知るよしもなかったのである。よもやそんな路通が湖南を放浪していようとは。ここで思い出されよ。貞享二年三月、師弟の最初の出会い。それから旬日もない四月初めのこと、路通が、わざわざ芭蕉を追いかけて尾張は熱田まで来たことを。

いやはやなんともこのとき路通が言付かった曲水の書状につぎのようにあったという。これをみるにつけても湖南の衆がいかに路通を遇していたかわかるだろう。このように『小説』にみえる。

「路通殿、今夏より又々湖南漂浪、何かと賑やかに候へ共、いささか間違の趣これあり、大した事にはなけれど、一同苦笑困惑の態に御座候」

ところでときに路通殿はというと、いきなり師に向かい頭を下げるのだ、ぴったりと土下座せんばかりにも。

――御師、このさき美濃への旅に随行を許されたし、是非……。

ひるがえればなにしろこの旅に際して自分がいたらなかった。ついてはそのために路通に辛い思いをさせてしまっているのだ。芭蕉は、このとき数刻の間を置き首肯するのだ。そうしてやおら弟子にいうのである。

「路通、一緒に行のう。美濃路へでも、伊賀路へでも、一緒に行のう。風雅のゆえの我らじゃ」

路通は、このとき再会の喜びを真っ直ぐ率直に詠んでいる。

翁の行脚を此みなとまで出むかひて

目にたつや海青〳〵と北の秋　（四幅対）

——御師、みはるかす敦賀の湊の目路のかぎり、なんとさわやかな心の底まで透き通る海の青さでありましょう……。

いやいったいこの湊に師を迎える喜びはいかほどか。ほんとうにこぼれる笑みが白い歯が見えるようではないか。頬を伝う涙も。師弟は、当夜、敦賀の湊に名月を仰ぐ。

月清し遊行(ゆぎやう)の持てる砂の上　芭蕉（奥の細道）

敦賀、気比の浜は、低湿地だった昔に遊行二世他阿（一遍上人の高弟）が海浜から砂を運びこんで造った砂浜と伝わる。白砂に映えるえもいわれぬ名月の光。

——路通、よいか、月光が清らかに、遊行上人のお運びになった白砂を照らす、神々しい美しさをよく目に焼きつけ、なされ……。

芭蕉は、さらにまたこの夜に以下の両吟を弟子に書きとめさせている。

さびしさや須磨にかちたる浜の秋　（仝）

波の間や小貝にまじる萩のちり　（仝）

弟子には、しかしこの夜の名月の句は残っていない。おもうにおそらく師の名吟をみて詠む気力をなくしたのだろう。

●萩の枕かな

八月二十一日、師弟は、敦賀を発つ。刀根越(とねごえ)を経て、柳ヶ瀬へ出て、狐塚、木之本を通り、余呉の湖の畔に立ち、それから大垣まで二人(ににん)道中するのだ。この途次、大垣藩士の蕉門俳人、高岡斜嶺(しゃれい)亭に宿し、伊吹眺望の句筵に臨む。ここでの師弟の句をみたい。

戸を開けば西に山有り。伊吹といふ。花にもよらず雪にもよらず只これ孤山(こざん)の徳あり。

其まゝよ月もたのまじ伊吹山　**芭蕉**（野ざらし紀行）

おふやうに伊吹颪の秋のはへ　**路通**（如水日記）

――路通、よくご覧なされ、花も、雪も、そうしてまた月もなくもがな、ひとり毅然として屹立している伊吹のさまを……。

――御師、ほんとうに山容も大きく鷹揚にして、吹き下ろす風も凄く、じつに伊吹が見栄えし望まれますよ……。

琵琶湖に裾を拡げて悠然と天空を突き上げる伊吹山。芭蕉は、「孤山の徳」の荘厳なるさまに、希求する句の極北をみていた。路通は、いっぽう伊吹の山容に師の偉大さを重ねていた。

この応答、見事なり。いやなんともこの師弟の付合（コラボ）の絶妙ぶりはどうだろう。きっと両人とも至極ご満悦だった。師弟は、連日のように湖南の門人たちに迎えられ唱和している。

九月六日、伊勢の御遷宮を拝すべく揖斐川（いびがわ）を舟で下り伊勢長島大智院に逗留。その折に芭蕉、曾良ほかと七吟歌仙の発句を成す。路通は、このとき詠んでいる。

一泊（どま）り見かはる萩の枕かな　（曾良旅日記）

独壇場のこの行脚詠。句は、昨晩野宿するときには気づかなかったが今朝目覚めてびっくり、いやなんとも嬉しくも美しく萩の花がこぼれ敷いているでは、の謂。芭蕉は、このとき膝を打ったろう。

――萩の花を、枕に眠る。これまたぜったい路通しかものしえない境地というものだろう。ふつうに萩を詠んでなかなかこの趣は味わえまい……。

またこの頃であろう。大垣蕉門、清里竹戸（同門先輩は大垣藩士、近藤如行の直弟子）。じつはこの人に関わって、こんな句を贈っている。

露なみだつゝみやぶるな此衾　（雪のおきな）

この一句には以下の逸話が背景にある。芭蕉は、『奥の細道』の終着大垣で如行亭に長旅の草鞋を脱いだ。ときに竹戸が弱った足腰を揉んでくれた。芭蕉は、この按摩に感謝して道中愛用した紙衾（旅中仕様の油紙布団）を『紙衾の記』とともに竹戸に与えた。路通は、これを見てこの句を彼に差し出したのだ。

——竹戸弟、翁から賜った大事な衾であれば、ゆめゆめ疎かに扱うまいな……。

これはまた自身に言い聞かせての吟でもあろう。こののちもぜったい翁から授かった有形無形の恩を忘れはすまいという。ところで竹戸の職は鍛冶屋だったとか。上流ならず、職人である。路通は、そこいらに親近感をおぼえたか。このとき路通に応えて竹戸が詠んでいる。これをみるにつけ俳諧はまさに挨拶にありとわかろう。

首出してはつ雪見ばや此衾　　**竹戸**（猿蓑）

——路通兄、たまわった衾から首出してちらほら、ちらほらする初雪を見たいものよ……。

こんなぐあいに九月末あたりまで、のんびりと大垣は近在の漫遊とまいり、それから伊賀上野へめざそうという。

●母にはうとき

伊賀上野に幾日か滞在後、路通は、難波周辺を歩くこと、住吉神社に千句奉納を行ったり、高野山に参ったりした。その折の句にある。

母の忌日に高野にのぼりて
親もたぬ身はとしぐヽの寒さ哉　（生駒堂）

さて、いまここに挙げた前書に読者は立ち止まるだろう。「――路通、その実は捨て子なり」、たしかにそのように思い込むことつよく感傷的にもしてこの稿を始めたのではないのか。だとしたら本人が知るよしもない「母の忌日」はないのでは？

しかし待たれよ。のちに路通の手になる『俳諧勧進牒』（後述）にこんな句がみえる。同集収載の歌仙付句だ。

母にはうとき三井寺の小法師　（俳諧勧進牒）

これをどう読まれるだろう。わたしはこう解するのである。われはなにゆえあってか母と縁薄き生まれなれば、いつとなく「三井寺の小法師」となりいまにいたるよ、の謂。

路通は、それはさて、のちになんらかの伝手があって母について聞きおよぶ機会があったかどうか、わからない。だがことはそんな事実がどうのの問題ではないのである。つまるところ句作、それは当たり前ながら、創作であることだ。そのことに関わってここに、いわずもがなだろうが、はっきりと断っておきたい。それはいかにして句作がなされているか。そこらをよく解していない向きがあまりにも多いからである。

俳句は最小の詩型だ。それをもってあげて森羅万象、生老病死をとどめるのである。そこでときに要求されるのが、なによりも想像力であるなら、つまるところ創作なのである。ほんとうにいったい芭蕉ならず誰のであれ、おかしな言い方であるが、ぜんたい創作でない句などありうるものか。たとえば芭蕉の最も人口に膾炙した『奥の細道』の句はどうだ。

荒海や佐渡によこたふ天河　　**芭蕉**

この句は、越後出雲崎で詠んだもの、だが夏の日本海は波も静かで「荒海」ではない。また天の川は対岸から臨んで「佐渡」には横たわらない。つまりこれは嘱目の実景ではなく、あきらかに想像の産物なのである。ついでにもう一句みてみたい。

一家に遊女もねたり萩と月　芭蕉

これまた『細道』中でもいっとう物語性にとんだ市振（現、糸魚川市）での条。この句が、ほとんど間違いなく虚構なのである。芭蕉は、「曾良にかたれば、書きとゞめ侍る」ととどめるが、まったく曾良の『旅日記』に記述がなく、どうやら西行の江口の遊女との和歌「世の中を厭ふまでこそ難からめ仮の宿りを惜しむ君かな」という遣り取りを描く謡曲『江口』から想像して成った一句とおぼしい。それだけに留まらないのだ。だいたい『奥の細道』の構成からして、芭蕉の独吟による連句仕立てである。とまでみる説さえあるのだ。*3

あらためて念押ししておく。路通は、どうしてあえて「母の忌日」と前書に付したのだろう。もちろん、前書も創作、だからだ。ちなみに当句の『一字幽蘭集』再録時に前書はない。このことに関わって、わたしが申したいのは、年経て俳諧の道を歩む孤児の屈託、それをこそ心にされたし、というその点のみである。いまそのことに思いいたすと、その胸のうちが偲ばれ、どうにも切ないものがある。というところで、すこしこの件をずらして、みたらどうだろう。

「母の忌日」。それがいつなのか路通が承知しているとする。その年月日がわかっていれば、当然、その居住地もあきらかになる。そうするとそこから本人について、出世地も、生年も、不明項が、おおよそ判明するはずである。それがだが残っていない。いっぽうあるいは路通が誰かからそれを聞いて知ったとしても周囲に明かさなかったのやら。それはさて私見のかぎりでは、係累ほかをめぐって一言したりするのは、まずこの二句しかないのだ。いずれにしろ、いまとなってはお手上げするしかない、しだいである。

路通、父母の所在も一切、霧中。

そのぐらいでとどめることで、なくもがな論はおしまい、としてさきへゆくことにしよう。

●鳥共も寝入つて

元禄二年秋から冬にかけ、路通は、幾度となく伊賀上野に師を尋ねており、京都からまた湖南あたりを流浪している。そしてこの十一月、路通は、大津で蕉門きっての女流俳人智月に会って、つぎのような一句を贈られている。

路通の行脚を送りて
見やるさへ旅人さむし石部山　**智月**（卯辰集）

「石部山」は、京都から江戸に向かう際、一晩目の旅籠は石部宿近在の金山。路通には、なんとなし母性をくすぐる空気があったか。智月から見てもあまりにも路通の姿は「さむし」かった。でおもわずその背に語りかけるのである。

——路通殿、余計なとはいえ旅姿のあなたを、寒々とした石部の山の向こうに見送るのは、毎度のことながら心掛かりなことで……。

河合智月は、近江蕉門。智月尼とも呼ばれる。寛永十年（一六三三）頃、山城国（現、京都府）宇佐に生まれ、大津の伝馬役兼問屋役河合佐右衛門に嫁いだ。貞享三年（一六八六）頃、夫と死別し尼となる。智月は、芭蕉が膳所滞在中はよくその身辺の面倒をみている。いわずもがな路通もしばしば世話になっている。じつは智月にはまた、つぎの一句がみえる。

路通西国旅寝も去年今年と立帰り又来りしを発句して返す

其まゝにあれよ涼しき骨海月 智月（薦獅子集）

「去年今年と立帰り又来りし」、路通は、これをみても智月と格別な親交があったろう。それにしても「骨海月」とはおかしい。珍しいことやあり得ない物事の喩えとして、「クラゲの骨」という語があるが、路通こそまさにその代表ならんという。これほどよく路通を表象して完璧な一語はないだろう。「一同苦笑困惑の態に御座候」。路通は、さきにみた『小説』中の曲水書簡にあるように、いろいろと門人たちから誹謗中傷されている。だがなんでそんなにも、よってたかり、あしざまにいうのか。みなさん、風雅の誠の同志、だろうに。智月は、そこらをよく見聞きしていたのだ。だからこれは智月の心底からの餞別で喝采なのであろう。

——路通殿、どこからどこへともなく「骨海月」よろしく、ふぅらりとふぅらりと、ただもうただあるがまま「其まゝにあれよ」かしな……。

十二月、芭蕉は、伊賀上野から京都に入り、年末は近江義仲寺の無名庵で過ごす。でまた路通を従え当地の洒堂と唱和を行って、二十五日、去来亭に同道して鉢叩きを聞くのだ。

去来にて

鉢たゝきたゝきおさめの夜を聞ん（花摘）

「鉢たゝき」は、京都の年末の景物で空也堂の行者が、陰暦十一月十三日の空也忌から大晦日までの四十八日間、鉢や瓢箪を叩きながら行う念仏踊りだ。じつはこの夜のことを主の去来が「鉢扣ノ辞」に記している。それによると「こよひは風はげしく、雨そぼふりて」という悪天候で鉢叩きが待てども来なく、翁が「明かして社」と告げて明け方まで待って出会したと。しかしなんとも鉢叩きの音が騒がしくも、どこか哀しく響いてくる佳句ではなかろうか。ところで佳句といえば、おそらくこの冬に成ったとおぼしい、つぎなる一吟であろう。

鳥共も寝入つてゐるか余吾の海（猿蓑）

「鳥」は、水鳥。水上に浮かんで寝るので浮寝鳥ともいう。「余呉の海」は、近江国伊香郡（現、長浜市）、琵琶湖の北にある山間の小湖。寂寞とした冬の湖の畔に行き暮れて宿の当てもなく佇む路通。みればみるほどに波の動きのままにゆれ、うらやましいかぎり水鳥らは枯れ芦の蔭に浮寝をむさぼっているが、いまごろどんな夢を結んでいるのやら、の謂。芭蕉は、これを激賞した。このように『去来抄』（元禄十五年〜宝永元年）はつたえる。

「先師『此句細みあり』と評し給ひしと也」

芭蕉は、しかしなぜこの一句をして「細みあり」と賛美したのであろう。ところでそもそも〈細み〉とはいかなる句境をいうのであろう。

【細み】「蕉風俳諧の根本理念の一つ。『さび』『しおり』『軽み』と併称されるもので、句の内容的な深さをいい、作者の心が幽玄な境地に入ってとらえる美」(広辞苑)

そのように説かれてもはて、なんのことか解りはしない。でそのことの理解の一助になるかどうか。ここに俳諧の目利き山本健吉の句解[*4]を引用しよう。

じつはこの地では夥しく血が流れている。その昔、天正十一年(一五八三)、勃発した賤ケ岳(しずがたけ)の戦、織田信長の後継者をめぐり、羽柴秀吉(のちの豊臣秀吉)と、柴田勝家と、両軍が雌雄を決すべく争った激戦で有名だ。秀吉は、この戦いに勝利して、信長の作り上げた権力と体制を継承した経緯がある。あたりに非業の死を遂げた魂が多く浮遊している。山本は、説く。

「ここに百年前、天下分け目の戦いを戦って死んだ、大勢の人たちの霊が眠っている。敵も味方も区別なく寝入っている。……。この『寝入つてゐるか』が、ただちに静かに眠る勇士たちへの思いに連なってくるのである。

路通の境涯のさびしさを、この句から受取るのもよいが、やはりこの句には、自分一個の境涯を超えて、大きな自然と、歴史と、人間の生死への思いが深いのである。そこまで発想の糸をたどって、この句の『細み』の透ってゆく筋を突きとめるべきではなかろうか」

山本は、そこからこの一句をして以下のように結論するにいたる。ちょっと過褒なまでに。

「……その土地にちなむ故人への廻向の一句としてそれが詠まれているということだ。新しい歌枕の発見と、それは言ってもよかった」

なるほどここ余呉の湖は歌枕になってない。それからも「新しい歌枕の発見」とは正しいだろう。さらにまたこの湖畔の死者への「廻向の一句」との評言は至当といっていい。そのようにとらえると、この句景の至るところ、「作者の心が幽玄な境地に入ってとらえる美」、つまり「細み」が生動する、ありようがみられれようか。

＊1『鑑賞歳時記』安東次男（角川書店　昭三九）
＊2『雲』山村暮鳥（『山村暮鳥全集　第一巻』筑摩書房　昭六四）
＊3『芭蕉―その詞と心の文学』安東次男（筑摩書房　昭四〇）
＊4「余呉の海、路通、芭蕉」山本健吉（『山本健吉全集　第九巻』講談社　昭五九）

(三) 火中止め

●まことの花見

前年、『奥の細道』に関わるボタンの掛けちがいから、師弟の仲にぎくしゃく感が少しの間だがあった。このときは前述のような経緯でもって回復をみている。路通は、だがいったいこの年はいかに迎えているだろう。できうるならば師弟の関係が良好であってほしい。それがどうにもそうは、うまくいってくれそうにない。じつになんとこの一年もまた大嵐もよろしい、なんともひどく波乱ぶくみ事件つづきだった。

元禄三年(一六九〇)。四十二歳。正月、路通は、願わしくも芭蕉とともに目出度く元朝を、彦根藩士の濱田洒堂亭で迎えている。三日、芭蕉は、路通と別れ、伊賀上野へ。この折、路通は、このときとばかり意を決し師に打ち明けているのである。

――御師、じつをいいますと先から『奥の細道』を辿りたく心してまいりました。つきましては許しを得たく存じますのですが……。

いったいなんで、そんなまた『奥の細道』を辿らなければ、ならないのか。それはそのさきの翁の旅が門下の間で賛仰の念で迎えられたことによる。以来、陸奥に翁の足跡を辿る、そのことが門人らにとって一度は叶えるべき夢となっていた。いまここで列挙しないが、蕉門の多くが師の背中を追い細道を歩いた紀行が遺る。いうならばそれこそ細道は蕉門にとり、メッカ巡礼と同義になったのである。ことは蕉門一統だけでない、くだっては正岡子規の『はて知らずの記』の奥州紀行（明治二十六年七月～八月）もいわずもがな、やはり細道行脚であった。

さて、芭蕉は、路通の申し出に鷹揚に直ぐ頷いた。それというのも、いずれそのうち芭蕉自ら機を見て細道行を申し渡さんとしていた、だからである。さらにこの旅をめぐって、みてきたように師弟の間に齟齬をきたしたまま、わだかまりも消えていない。けっしてすっきりと、していないのである。ここはできるだけ路通の旅の手助けをしてやりたい。でこのとき師は弟子につぎのような一句を贈るのである。

草枕まことの花見しても来よ　　**芭蕉**（茶の草子）

――路通、宜しいかな、みちのくの旅の道すがら、真の風雅とは何か、じっくりと考え身にされよ……。

芭蕉は、そのように細道の行脚を体験させることで路通の向後のためにも一段の成長を期待したのである。ということはそれだけその才を高く買ってもいたあかしである。それにいま一つどうしても申し付けておきたい件があった。

それはさきに引いた「宿命的な性質の欠陥」に関わってである。芭蕉は、つねづねそれこそが出生の哀しさがするところか、社会通念上のいうならば道義心欠如、そのことにつよく危惧の念をおぼえていたのだ。ついては行脚することで、しっかりと考え鍛えなおして、そこらを克服してこいと。

しかしそれがどういうことか。ほんとなんたる事態があったものか？　なにがどうあったものやら、旅立ったその直後か直前に危惧は最悪のかたちで現実、となってしまっているのである。いやどのように説明したらいいのか？　わけがわからないのである。

三月中旬、芭蕉は、伊賀上野を後に膳所へ赴く。それから四月初旬、膳所藩士菅沼曲水の勧めに従って、静養を兼ねて滋賀郡（現、大津市）国分の幻住庵に滞在する。そうしてこの小庵に四ヶ月間ほど籠り『幻住庵記』の執筆に打ち込むのである。

●火中止め

ところでこの四月のいつか。芭蕉が曲水に宛てたとされる、どうにもその意が解せそうにない、不審な書状が遺されているのだ。曲水は、このとき江戸表在勤中であった。そこで綴られる路通に関わる箇所をみよ。

路通行衛しれ不ㇾ申候由、先茶入之行方しれ申候へば、身すがらの行衛、少は気遣もうすきやうに被レ存候。たとへ野ゝ末、山の奥にて死失候共、袋よりうたがはしきもの出ちらされ候半は、かばねの上の無念候処、此上のよろこびに而御座候。……。其元より被二仰下一候御状、他見はばかり候事は別書可レ被二仰聞一候。

火中

これをどのように読んだらいいものか。なんということか、なんとそんな路通が大津で某氏の大事な茶入れをくすねた、などというのである。あまつさえその罪を隠桂（支考の別号）になすりつけ江戸に逃げていったとか。このことを周りの誰かが芭蕉に告げ口したようだ。これはそれを聞いて怒り心頭に発して認めた書状というのである。そこでなんと「たとへ野ゝ末、山の奥にて死失候共」、となろうとも路通の「かばね」から茶入れが出てくればもう、「此上のよろこびに而御座候」とまでおよぶ。

じつは本状は他見をはばかって「火中止め（読後すぐ焼却する）」書簡となっている一事で有名である。いっぽうでまたこの書簡の真偽は不明とされているともいう。だいたいそんな、「火中止め」なのに現物有りとははて、さてではないか。だがよしやそれが偽物であったとしても、ほかの誰の手であれ、やはりこのたぐいの書状がものされる。そこにはそれだけの悪習や不実があったようである。

同月、路通は、騒動が大きくなるにつれて、どうにもこうにも湖南にいるにいられず、江戸へ逃げたといわれる。でおそらくその途次の一景であるのだろう。つぎのような句がみえるのだ。

僧の路通、おもひたつ心とゞまらざりけり

さみだれや夕食くふて立出る　　荷兮（卯辰集）

山本荷兮は、名古屋の人で医家。芭蕉七部集の最初の三集『冬の日』『春の日』『阿羅野』の編者。初期尾張蕉門の最年長者。路通は、このとき荷兮を訪ねて、夕飯をかつ食らうと、止めるのも聞こうまいか、五月雨を突いて旅立った、の謂。夕まぐれに雨しぶくなかを尻からげで遠ざかってゆく。なんとなしいかにも路通らしい哀しげな背中がみえるようでないか。

四月上旬、路通は、だがそれからほどなく芭蕉から人を介して湖南に呼び戻されているのである。路通は、ときに江戸にいた。その立ち回り先は門人を探れば直ぐに判明する。路通は、早速、江戸を立ち、西上する。それがしかしなんとも合点がゆかないのである。三河まで戻ったところで、出会した膳所の人から芭蕉の激昂を聞き、師に会うことに恐れを抱き、来た道を引き返しているのだ。これはさきに『小説』の引用でみた「気の弱い路通は、……、行方知れずになっていた」という哀しい性根なのであろう。そしてまたこの折り返しの旅の際のことだろうか。さきに芭蕉の『更科紀行』の旅に同行した、いま一人の尾張蕉門の重鎮、越智越人からつぎのような句を贈られているのである。

別レ僧

ちるときの心やすさよけしの花　越人（旅寝論）

「けし（芥子・罌粟）の花」は、白、紅、紫などの越年草の四弁花。朝咲いて夕方には散る一日花。越人は、もっともらしげにのたまうのだ。

――路通氏、ことここにいたっては「ちるとき」ではないか、すっきりと洗いざらい罪状を認め悔悛されたら良かろうこと、そうすれば「心やすさ」をおぼえもしように……。

なんていやなんとも、意味深長というのか単刀直入、というべきなのか。ほんと、ちょっと当てつけも嫌みがすぎた句でないか、これは。さらにまた前書であるが「別二路通一」とすべきところを「別レ僧」と改変していること。

ところでこの句をめぐって。路通は、のちに自らの編纂なる撰集『俳諧勧進牒』（後述）所収「月山発句合」にこの句を収めた。そのうえ句を「かろくうち散たるをうらやみたり。見いれ有所猶殊勝」と賛している。

――越人氏、こんなによろしくさらりと散るさまを詠めるとは羨ましいかぎりでありますよ……。

なんぞとよろしく持ち上げるようにしている。こんなところにも、小心にして鷹揚というか皮肉たっぷりな路通らしき面目、がみてとれよう。

●酒の味

ここまでざっと茶入れ紛失事件についてみてきた。しかしながらこの一件はというとまあ、とんでもない決着をみることになる。

　なんとそれがほんとどうだろう。なんともそのいつか湖南で茶入れが発見されたというのだ！　ことはたんにその持主が紛失したにすぎない。ひょっとするとそれは句席でのことであるのか。それなのにいつか路通の仕業になっている。まったくもともと誰彼の悪意に仕組まれたでまかせ！　いわれない告げ口により広まった嘘の舌だったのだ。あんまりだったら、まったく「管鮑の交わり」もなにも、あったものじゃない。

　それにしてもこの事件への路通本人の対処はおかしくないか。もちろんのこともとより茶入れをくすねてなどいない。ならばはっきりと抗弁すべきではないか。くわえてまた師に真実を告げもせず、あるいはその意思表示もしないまま、どうして途中で恐れ逃げたのか。それもなにも、乞食の性根、がしたのやら。このことに関わってわたしは思うのである。

　いやどうにも路通の言動に了解がいきかねる。そのように首をひねるのは、鉢を膝のまえに置いて、頭を地べたに垂れた、ことなどない者なのであろう。とはさてこのあとも悪意の吹聴はひきもきらない。茶入れが出てきたのは路通がもとあった場所に戻したからとか。いたたまれず行方をくらましたとか。あることないことを蒸し返しつづけるばかり。というところで立ち止まってみたい。

　路通は、いわれるように盗みが発覚して江戸へ逃げたのではない。まずもってこのとき師との約束の細道の旅にあったのである。その途上、湖南に呼び戻され、三河で、芭蕉の激昂を聞いた。いやまったく何を興奮されているのか寝耳に水なのである。ほんとうにその際の路通の胸中を思いいたされたし。

いったい何でそんな？　じっさいに自分は何も関与していない。どころかまったく自分の知らないところで罪を仕立てられているのだ。根も葉もない、濡れ衣もいい。細道の随行約束の反故。それなのにまた、というのである。

――御師、どうしてそんな、噂話ごときを鵜呑み、されるのでしょう、御師……。

たしかに信用されるような素性ではない。それはそうだろうが、わけがわからない。ほんとうにこのときの路通の困惑はいかほどだったたか。いやだけどそのうち事は明らかになるはずだ。いまはそのように心し先をゆくしかほかない。

路通は、悲痛だ。心底から、ほんとうに深く傷ついたろう、おそらく、それこそ立ち直れないほど、絶望した。

しかしいまここで視点をずらしてみよう。じつをいうとこの事件をめぐって、まずいちばん辛い思いをしたのは、もちろん路通でこそある。だがわたしは思うのである。それよりかもっと芭蕉は深刻でなかったかと。とてもひどい誤りを犯したのである。ほんとうにどうしてまた自らそんなことをしたのか。ありもしない伝聞にあたら心乱されてしまいはては、はしたない言辞をもって路通をおとしめたしだいだ。こればかりは何をもってしても償うべくもない、いやぜったい道をはぐれた罪科のあかし赦されようもない。

芭蕉は、いまさらながら我が身を恥じ入りつづけるのだ。そのさきは細道の随行について結果としては約束を反故にしている。いまだその償いもよく果たしていない。それなのに、また過ちを繰り返すとは、なんという。それももっとひどく盗人呼ばわりまでして「たとへ野ゝ末、山の奥にて死失候共」とまで半狂乱になるようなほどまで。芭蕉は、いわれもない罪を着せられたままひとり旅の空をとぼとぼとゆくその背に詫びるのである。詫びようとてなく、詫びつづけるのだ。——路通、われの愚を切に赦せよ、路通……。

路通は、ときにどうしていたろうか。とまれただもうひたすら旅をつづけるしかなかった。そうしてこの途次、芭蕉も『奥の細道』で唱和した、酒田の蕉門、医家伊東不玉（ふぎょく）と会ったりしている。おそらくこの折の句なのであろう。

夏の日や一息に飲酒（のむ）の味　（継尾衆）

酒とは、珍しい。どうやらみたかぎり路通には酒の吟はこの一句しかなさそうである。下戸ではなかったろうが、酒狂いでもなかったか。どうしてかって？　むろん酒舗で飲む銭金はない。酒は貰い酒。なにぶん乞食坊主、なれば哀しいことに酒杯はそうっと出すのが、礼儀作法だからだ。いつもはおめぐみおこぼれの、ひとしずく、がしかしこのときはどうだろう。ここまでずっと溜まりに溜まったものがある。じっさいほんとうに溜飲を下げるとは、このように「一息に」飲むさまをいおう。路通、このときばかりはごくごくと、いっきに思いのたけ、おかわりとやったことであろう。そうしてときにそれこそ、「酒は忘憂の徳あり」（『曾我物語』）、とおぼえたのではないか。

●奥参り

さて、一路目指すは信仰の山、出羽三山である。しかしなぜ出羽三山であるのか。往古からこの山への登拝は、重要な宗教儀礼の一つであった。登拝者は、行人と呼ばれ崇められた。また西に位置するお伊勢様に対して、出羽三山詣では「東の奥参り」とも称した。伊勢参宮は「陽」、出羽三山は「陰」、そのように対を成すものと信じられ、一生に一度は必ず成し遂げねばならないと伝えられてきた。それゆえ師も参ったのだ。さらにこの山は「親子相伝のお山」として著名であること、それこそ蕉門にとっては、メッカならず聖なるカイラス山（須彌山）となっていた。

六月初旬、路通は、三山の羽黒山に到着。芭蕉が、曾良を従え、月山を目指したのは、ちょうど一年前、元禄二年の同じ六月であった。芭蕉は、羽黒山に六月三日から十日まで滞在した。案内に立ったのは当地の蕉門の呂丸（図司左吉）。

> 六月三日、羽黒山に登る。図司左吉と云者を尋て、別当代会覚阿闍梨に謁す。南谷の別院に舎して、憐愍の情こまやかにあるじせらる。／四日、本坊にをゐて俳諧興行。

路通も、また呂丸を通して会覚に親炙、山院に寄寓する。この間、会覚の発企、呂丸の協力により「月山発句合」を編纂（『俳諧勧進牒』所収　後述）。「序」につぎのように記している。

ひそかに能因の笠を盗み、みだりに宗祇が笠をけがして、……、数〳〵の哀をうちつもる程に、林鐘（陰暦六月）の初め、月の山の御室をやどりとす。

「能因」は、平安時代中期の僧侶・歌人。陸奥下向時の「都をば霞とともに立ちしかど秋風ぞ吹く白河の関」の歌で有名、のちに西行などに影響を与えた。「宗祇」は、前述したように芭蕉が尊敬しやまない連歌師。芭蕉は、宗祇の句「世にふるもさらに時雨のやどり哉」（『新選菟玖波集』）から「世にふるもさらに宗祇のやどり哉」（『虚栗』）と、「時雨」を「宗祇」と置き換える、それだけで機知に富んだ見事なる一句を成している。

路通は、むろんもちろん偉大なる先行者の陸奥行とあわせて師の月山行を心にしている。出羽三山参りの径は、羽黒山から登り月山を経て、湯殿山へ下りる。現在、月山八合目の弥陀ガ原までバス便があって日帰りもできる。だが風雅の旅は悠長なり。芭蕉らは、このとき二日にわたり唱和。初日の八吟歌仙はつぎの芭蕉の発句で始まる。

ありがたや雪をかほらす南谷　　**芭蕉**（奥の細道）

まだこの季には雪渓が残っている。「霊地に妙香あり」という。当院は羽黒山の霊気が漲っていて、雪渓を渡る風が妙香を運んでくる趣よ、の謂。そして登拝の日を迎える。

八日、月山にのぼる。木綿しめ身に引かけ、宝冠に頭を包、強力と云ものに道びかれて、雲霧山気の中に氷雪を踏てのぼる事八里、更に日月行道の雲関に入かとあやしまれ、息絶身こゞえて頂上に臻れば、日没て月顕る。笹を鋪、篠を枕として、臥て明るを待。日出て雲消れば、湯殿に下る。

もとより「木原三里、草原三里、石原三里」と称される難路である。そこを「氷雪を踏み」て、なんとも月山の頂上で紙衾にくるまり「笹を鋪、篠を枕」に野宿するという。そこから金月光と呼ばれる鉄梯子が幾つか掛かる急坂から粗い石段の水月光と呼ばれる急坂を下ってゆく。かくして芭蕉一行は湯殿山神社本宮へいたる。

ここの御神体は温泉が湧き出す赤茶色の大きな石塔である。今日でも撮影は不可。芭蕉は、「惣而此山中の微細、行者の法式として他言する事を禁ず。仍て筆をとゞめて記さず」として詠んでいる。

語られぬ湯殿にぬらす袂かな　　芭蕉（仝）

それからこの昼に来た径を戻っているのだ。しかし芭蕉、健脚なりだ。路通もまた師と同じ行程を辿ったか。このときに詠んだ句にみえる。

当山（羽黒）参詣之列

鳴く蟬や折〳〵雲に抱れゆく　（三山雅集）

智憲院

澄すらむこゝろ真うけに月の山　（仝）

一句目、ふつうには「雲に巻れ」とでもする、ところを「雲に抱れ」という、いやこの感じ方はどうだろう。私事をいえばここにこれまで四度参っているのである。うちの一度は芭蕉や路通と同じ行程と気象で登拝している。そうするとやはりそんな「雲に抱れ」の感じがわかるようなのだ。なんとなくだが、路通の全的ともいえる受動の感受の、そのありようが。

二句目、「澄すらむこゝろ」と、詠んではおいでだ。だがしかしどんなものだろう。はたして師の教え「草枕まことの……」を「真うけに」したろうか。あやぶまれるところである。

さてそれからどれほどか。路通が、江戸へ向かって、ふたたび白川の関を越えたのは、仲秋の候だろう。

白川の関にて

名月や衣の袖をひらつかす　（勧進牒）

奈須野にて

射らるなよ奈須のゝ鶉十ばかり　（仝）

一句目、おそらくこれは翁を詠んだ句とみられよう。芭蕉は、白川の関ではなぜか、一句も残していない。ところでここで路通が浮かべたのは、白川の翁ではないのでは。なぜかというと芭蕉の当地滞在は四月二十日から二十二日までなのである。であればこれは敦賀の翁ではあるまいか。気比の浜。そこでふたりは再会を喜びあい、ともに名月を仰いだのである。そしてそれは、あのときの魂が憧れでるよう「月を仰ぎ、月と語り、月と化する」(『小説』)ごときまでに尊い姿であった、のではないか。

――御師、きょうのいま白川で名月に掌を合わせ偲ばれるのは、ともにした敦賀の名月を仰ぐ翁のお姿でありますよ……。

二句目、那須与一の「扇の的」伝説を詠みこんで、鶉らに「射らるなよ」と注意を促す。さきの余呉の水鳥もだが、路通には小さき生き物やまた可憐な花を詠う句が多い。これもこの途の吟であろうか。

りんだうの花かたぶきて殊勝さよ　(きさらぎ)

竜胆こそは凜として「殊勝」なまで美しい。句は、この秋の賜り物のごとき麗らかなる花を連れに歩こうよ、の謂。その花を「まつすぐに」ではなく「かたぶきて」と喩える。こういうあたりにその心の傾きのありようがみえるか。路通は、また動物や花にくわえて、ことのほか幼童に優しい。つぎなる句をみられよ。

海士の子や夜は揃る海苔の幅　（柏原集）

漁師の子は陽の高いうちは海で働き、夜は夜とて売り物の海苔の幅を揃えるよ、の謂。薄暗い灯りのもとで年端もゆかない子どもが一心に働いている。そこに小僧時代の辛酸の日々が二重写しになる。とそれとその身の上がしのばれて瞼が熱くなってくる。

●いねくと

九月初旬、路通は、ようやく江戸に戻っている。そして深川は高橋近くの裏店を借りて住むのだ。店賃は月末、あるとき払いだろう。

ところで路通が帰ったとのことは、ほどなく門人の知るところとなる。ときにおそらく其角と曲水は「月山発句合」稿を実見したのであろう。両人は、そこで芭蕉に書簡を送って、その上梓を交互に促すのだ。それはいわずもがな三人の胸のうちにそれを世に出すことには特別な思いがあったからだ。なかんずく芭蕉にはなお。そのさきにありもせぬ噂話を信じてひどく路通を傷つけているのである。自分と其角を後見にして同句合を世に問えば、これは間違いなく、路通の悪評や中傷などは世迷い言と失せよう。しかしながらそうは思うにはおもうのだが、ことはおいそれとは運ばないのである。どうしてなのか。路通はむろん、芭蕉のほうも。このときいまだその複雑な気持を整理できていないのだ。

というところで芭蕉にかぎってもこれが、いやまったく忸怩たるばかりの、われらとおなじ俗人なるということ。そこいらはそれこそ路通とひとしいのだ。だからこの年内に「月山発句合」の上板はならない。それはさて旅の効あってか、これから師走から正月にかけて、みられる句が佳いのである。そのさきに「乞食坊主に正月は御目出度くはないはずだ。いうまでもなく招かれざる客は門を閉ざして入れないからである」ととどめた。それだけにこの季の句には身に沁みるものがあるか。つぎのぜんぶが素晴らしいといおう。

草臥て烏行なり雪ぐもり　（俳諧勧進牒）

橘町にしる人ありて、とし忘れにまかりぬ。過行かたの事どもとりいだして

笑ふより泣を過すなとしわすれ　（仝）

まづしきあたりをきけば

死たしと師走のうそや望月夜　（仝）

旅行

草枕虻を押へて寝覚けり　（仝）

一句目、「草臥て」の烏は、むろんもちろん、路通その人だ。ばさばさと暗んだ「雪ぐもり」のなかを重たげに羽ばたいていく。ひょっとしてこの吟には師のつぎなる句の「からす」が鳴き交わしているか。

何に此師走の市にゆくからす　**芭蕉**（花摘）

何の用があってわざわざ慌ただしい師走の町にゆくのか、はたまた人が恋しくてか、の謂。さらにまた路通の烏は遠くこんな「鴉」ともまた鳴き交わしているか。それは萩原朔太郎の随筆[*1]に「ニイチェでなければ書けない珠玉の絶唱で、世界文学史上にも特記さるべき名詩である」とまで大絶賛されている、ニーチェの詩「寂寥」（生田長江訳。朔太郎、一部改変）である。

鴉等は鳴き叫び／風を切りて町へ飛び行く／まもなく雪も降り来らむ——／今尚、家郷あるものは幸福なるかな

二句目、師走、首が回らなくて、首を吊りたいよな、歳晩。腹で泣いても、顔は笑ってよ、の謂。しかしこの歳晩は「とし忘れに」行く先もあって、愚痴のひとつも聞いてもらえただけ仕合わせだったたか。

三句目、前句を継いで、あれだけ師走に死にたいと思いつめていたが、まるでそれも「うそ」だったように、きょうのいま嬉しげに名月を仰いでいるよ、の謂。

四句目、この「虻を押へて」の寝ぼけ、これこそわが偏愛の詩人の世界のものである。いった

いこの類似はどうだろう。ほんとうにこの寄る辺なさといったら。

昼は雨

ちんたいした部屋／天井が低い／おれは／ねころんでゐて蠅をつかまへた　尾形亀之助「昼」[*2]

いやまったく呆れるばかり、いかにも乞食坊主路通でございい、というような句ではないか。これらをみるにつけさぞや句作の評価は高いものがあったことだろう。だがそのいっぽう人物の評価は無きにひとしかった。それどころか裏返しでこそあった。というところでいま一つこの年末の作らしい句をみることにしよう。これが路通といえば必ず挙げられる代表句である。

いねくと人にいはれつ年の暮　（猿蓑）

「命危うい正月。どこでどのように新しい年明けを迎えられることやら。年越し、年明け。けっして大袈裟ではない。いやほんとうに乞食にはこの候ばかりは絶望だったのである」。さきにそのように注記しておいたが、ことさらにこの歳晩はきびしかったか。まえに読んだ「笑ふより」の句はまだ招じ入れてくれる主がいて良かった。

それがどこへ行っても「帰れ、帰れ」と追い返されつづけ、いやはやこの年の暮ればかりは、ひとしお寂しさが身に滲みることよ、の謂。さきには茶入れ紛失事件でいわれない師の勘気を蒙るしだい。あることないこと同門の衆から指弾される不甲斐なさ哀しみといったら。路通は、だがどうやらこのとき『俳諧勧進牒』(後述)編纂のために東奔西走していたのである。そうだとすると乞食らしくめげない、のうのうとした図太さもうかがえるか。

ところで「いね〳〵」の句に関わってみておこう。元禄四年一月五日付、曲水宛て芭蕉書簡にある。

いね〳〵と人にいはれても猶喰(なほくひ)あらす旅のやどり
どこやら寒き居心(ゐごころ)を侘(わび)て
住(すみ)つかぬ旅の心や置炬燵(おきごたつ)　芭蕉

どんなものか。芭蕉は、じっさいほんとうに心底から「いね〳〵」の句ばかりには感嘆させられたのだろう。炬燵には、作り付けの掘り炬燵と持ち運び用の置炬燵がある。新春を旅先にあって置炬燵の仮居に寝る、それだけでも心もとないかぎり、であればなおさら厳しい路通の旅暮らしが偲ばれてならないよ、の謂。前書の「猶喰あらす」の滅入らぬさま、いやこの一語に込めた胸中はどうだ。これをみるにつけ師の弟子を思う心が惻々と伝わってはこないか。

くわえてまた支考はこの「いね〳〵」の句を師が「一生の風雅をこの中にぞとゞめ申されけむ」(『葛の松原』)と書き置いているのである。

――路通、「いね〱」と戸を閉ざされながらもいまもどこいらをほっつき歩き回っているのか、路通……。

●芭蕉葉は

路通としては、「いね〱と人にいはれ」ようが唾されようが、抗弁できない。ときもところもあらず乞食坊主であるからには、どうしようもなく行乞行脚をするしかないのだ。

彼岸まへさむさも一夜二夜哉　（猿蓑）

そのように寒さに凍えて「一夜二夜」と数え過ごすしかない。どうしろっていったいぜんたい、生まれからして過ちなるならば、どうすりゃいいのかというところか。そこで思われるのは、路通といえばまた必ず挙げられるこの頃に作られたとされる、やはりこの句であろう。

芭蕉葉（ばせうば）は何になれとや秋の風　（猿蓑）

秋風が破れかかった芭蕉葉を吹きやまない、いったい芭蕉葉にどうなってしまえといって吹き捲るのやら、の謂。「何になれとや」というこの、破れかぶれようはどうだ。

いやこれはいかにも路通らしくあるではないか。ほんとこのふてたような捨て鉢ぶりはといったら。わたしにはこの詠みようがすこぶる好もしくあるのだ。というところでいきなり唐突きわまりなくも、じつはこの一句を俎上にしてものしたわが若書きの反故まがいを、あえていまここに引用させていただきたい。

わたしは、ずいぶん以前にあるアンソロジーで軽いコラム・スタイルで以下のように知ったかぶり書いている。恥を承知で引く。いまここであらためて読むとずいぶんなものだ。がこのような見方もまた、ひょっとして排斥できないのでは、という一興のそれとして。

「ときに貞享二年（一六八五）春、『野ざらし紀行』の途上にあった松尾芭蕉は、近江国草津守山を過ぎたあたり、路傍で昼寝をむさぼる『色白き乞食』に杖を止める。俳聖芭蕉と乞食路通の出会いの一幅で、二人の秘色（男色）の関係の始まりをつげるの図である。

俳聖が拾った乞食。……。幼くして僧籍に入ったが後、寺を去り、乞食として喜捨を得るかたわら、男娼まがいを生業としていたとも伝わる。

世に男女の仲よりも、衆道の契りのほうが深いとか。深いだけに惚れたはれたもまた凄い。芭蕉と路通の関係もまことに余人の窺い知るところでないらしい。

元禄二年（一六八九）春、芭蕉はいよいよ『奥の細道』の旅に出立しようとする。このとき同行と頼むは路通を措いてない。翁は旅のあれこれをことづける。だがどうしたことか。当の路通は次の一句を残して、ある日突然、ひとり何処となく雲隠れしてしまう。

肌のよき石にねむ（ママ）らん花の山

ここに翁は仕方なく河合曾良を同行にする。この一件以後、芭蕉は生涯幾度となく路通を絶縁し、また復縁するという仕儀になる。

　掲出の〈芭蕉葉は〉の一句、この芭蕉葉はむろん翁にひっかけての遁詞と読まれるべきであろう。翁は一体ぜんたい自分に何になれというのか。こちとらはもうとっくに秋（飽き）の風よというところ。これが本物の乞食にして男娼まがいを生業にする路通の本懐であろう」[*3]

「秘色（男色）の関係」「男娼まがいを生業」。じつをいうと、これはそのさき路通に興味を持つきっかけとなる雑誌連載「風狂列伝」[*4]のなかにあった逸話の焼き直しのたぐい、でしかない。その連載にはこのような一節があった。

「……どうやら路通は男色家だったらしい。いっぽう芭蕉の男色家説は著名である。当時はまだ、いにしえぶりの男色（衆道）の遺風がかなりあって、ことに天台密教寺院の堂奥にはその正統（?）が連綿と受け継がれていたであろう。けれども、世はだんだんと儒教ムードの通俗倫理が幅を利かせるようになり、このせっかくの美風もいちだんと抑止されかかっていた。いわゆる元禄文化なるものの実態は、そうしたいわば万葉調の最後の徒花（あだばな）だといってもよかろう。したがって路通は、その性癖ゆえに三井寺を追放されたものと思われる。／ところがそこへ、あたかも現代フランスの詩人であり作家のジャン・ジュネに対する作家であり実存主義哲学者のジャン・ポール・サルトルのごとくに出現したのが、かの有名な『野ざらし紀行』の松尾芭蕉であった」

　どうだろう。このようないわば秘部まであえて踏み込まなければ姿を現してくれない真実もあるのではないか。ことにこの路通のような人間にあっては。というところでまた水上勉さんにご登場願うことにしよう。じつは前記の拙文を書く頃、たまたま氏と飲んでいて、芭蕉と路通の話になった。するとやおら水上さんは笑顔でおっしゃった。ときにストンと胸に落ちたのである。——路通さんは、そっちのほうの役もやってござったのでは……。

水上勉の代表作『一休』。わたしは思い出していた。なかに禅林での〈性〉を活写した、以下のような箇所がある。

「未発育な者と、発育盛りの者とが同居する集団では、とりわけて、この『性』の宴は活発化する。もともと、『性』というものは、明朗に公開される性質のものではない。個々の暗がりでいとなまれる。年齢履歴の如何にかかわらず、湿地にきて、隠花のように早熟するのである。年少の子が、先輩におもねることから入る場合もある。強制に脅えて不本意ながら甘受して知る場合もある。馴れというものは恐しく、自然と、性はその子を目ざめさせ、染めてゆく。禅林がきびしい規矩による呪縛の戒律生活をうたえばうたうほど、破戒の醍醐味は学べるのである」[*5]

水上さんは、そのように述べて少年一休の修行僧時の陰花生活に思いをいたす。そうして一休一世一代の『狂雲集』について、おもうにそこにある詩華の芳香はその体験に胚胎するのではないかと。それにしても作家の筆は容赦ないのである。水上さんは、じつはこの一節に偽らず自身の遍歴も生々しく描いているのだ。「恥毛もはえぬうちに私は手淫の悦楽をおぼえ、兄弟子の手淫を手つだった」。もちろんこの一事は『一休』の詩歌に深い陰影を刻印することになる。

このことでは水上さんには、ほかにずばり『男色』(中央公論社　昭四四)なる著書もおありだ、これもまた参照されたし。いったい江戸時代に衆道(男色)は格別特殊ではない。じっさいあの一代の奇才、平賀源内がそうだった。どんなものだろう、そっちのほうを考慮に入れてみると不可解千万なるこの人物が少しだけわかる、きっかけになるか。

ついては路通の句文のどこだかに、それを疑わせるような記述があるのではと捜したが、これとは明確な証拠はなさそうだ。だけどここまで辿ってきただけでも、それらしい空気はかなり濃厚であって、証拠はなくも兆候はありで、そっちのほうに通じていたとおぼしい。かえりみて、だいたい師弟の出会いからして意味深というか異常に濃密なかぎり、ではないか。どうにもちょっと理解を超えた深間の仲ではないだろうか。

それではこのことに関わっていえば、いっぽう資料の多い芭蕉のほうは、それらしい匂いがただよう。じつはかねてよりその周囲ではそっちの方面のことではさきの引用にあるように噂話がたえなかったのである。それはいったい事実であるかないか。なかでもたしかに深い関係となったと伝わるのがこの若い門人なのである。

●二人寝る夜ぞ

坪井杜国(とこく)。尾張蕉門、通称庄兵衛。名古屋御園町の町代を務めた富裕な米穀商。貞享元年(一六八四)冬。芭蕉は、『野ざらし紀行』の途次、杜国と出会う(とするとこれは路通を知る前年なのであるが)。その留別句にある。

杜国におくる
白げしにはねもぐ蝶の形見哉　　芭蕉

白罌粟の花片が散るさまに、嗚呼、蝶の羽がもげ裂け落ちるよな、こんなにも酷い別れがあろうか、の謂。しかしこの杜国であるが、翌年、蔵に実物がないのに有るように見せかけて米を売買する空米売買の詐欺罪（延べ取引き）に問われ、領国追放の身となって渥美半島南端の保美（ほび）に隠棲していた。芭蕉は、『笈の小文』（貞享四）の旅において、この地で禁足中の杜国と再会のあと、示し合わせて一緒に旅をしている。ときにこんな記述がみえる。

かのいらこ崎にてちぎり置し人の、伊勢にて出むかひ、ともに旅寝のあはれをも見、且は我為に童子となりて道の便りにもならんと、自万菊丸と名をいふ。まことにわらべらしき名のさまいと興有。いでや門出のたはぶれ事せんと、笠のうちに落書ス。

乾坤無住同行二人（けんこんむじゅうどうぎょうににん）
よし野にて桜見せふぞ檜の木笠　芭蕉
よし野にて我も見せふぞ檜の木笠　万菊丸

これをいかに解したらいいか。杜国の刑は領国追放だから吉野に行ったとしても、それだけでは禁を破ることにはならない。しかしながら尾張領内は通行できないので、伊良湖から船で伊勢に渡り、吉野を目指したしだい。いやそれにしてもこの浮き立つさまはどうだろう。まずは芭蕉が檜笠に落書きして杜国に喜びを打ち明け、万菊丸と稚児名を名乗る杜国も息の合った返しをする（両人の句解はおく、各自が感受されよ）。このような経緯をみるにつけても、まだまだいっぱいある証拠（？）引用はここではおいておくが、どうみてもふたりの関係はふつうではない。芭蕉と、路通と。ふたりもまた、おなじように愛別の繰り返しが尋常どころでない、のではないか。ごくごくふつう一般に考えてもそうだ。しかしながらどうも、学究の誰もそのあたりは禁制のことであれば考慮の外、でしかないようである。まあよくある象牙の塔のことだろうが。

この件に関わり。ここでまた水上さんに登場してもらおう。氏は、一休の詩を俎上に書く。「詩は平仄を踏む作法によってのみ生まれるものではなく、作者の心田が作るものである」。だけどおおかたの「『年譜』も史家も」その肝心な点を等閑視してかえりみない。として綴るのだ。「人間の本性と、これを圧迫する規矩との衝突が、彼なりに心田の内部で火花を散らしていたはずで、そういう苦悩がなくては、『修羅』も『無明』も生きた句にはならない」と。そこには禅林の〈性〉の経験があった。

どうだろう。詩には、「平仄を踏む作法」が大切だ。だがそれにもまして「作者の心田が作る」ものであるという。このことは一休のみならず、すべての詩歌の作者にいえるが、ことにこの路通にはあてはまる。しかしながら学究らにあっては「心田」よりももっぱら「作法」のほうを偏重されるようだ。いうならばそこでは文芸も訓詁の問題となっているのだ。

なんぞとこちらが口を酸っぱくしてもしかたない。というところでこの一件はしまいとしよう。ついては芭蕉の嬉しげなつぎの一句を引いておく。

寒けれど二人寝る夜ぞ頼もしき　　芭蕉（笈の小文）

＊1「ニイチェに就いての雑感」萩原朔太郎（『萩原朔太郎全集　第九巻』筑摩書房　昭五一）
＊2『色ガラスの街』尾形亀之助（『尾形亀之助全集　増補改訂版』思潮社　平一一）
＊3「路通」正津勉（『日本の恋歌3』作品社　昭六〇）
＊4「風狂列伝　連載『狂気の構造』一二」村岡空（くう）（「伝統と現代」一六号・昭四七・七　伝統と現代社）
＊5『一休』水上勉（中央公論社　昭五〇）

㈣ 世を捨も果ずや

●**『俳諧勧進牒』**

元禄三年（一六九〇）九月初め、路通は、細道の旅から江戸に戻った。それから二ヶ月余りになる、それは十一月十七日夜のことだ。ふしぎや奇なるや、路通の夢枕に観音様が立ち、そして告げたとか。つぎのようにその「序」にいうのである。

元禄三年霜月十七日の夜、観音大士の霊夢を蒙る。あまねく俳諧の勧進(くわんじん)をひろめ、風雅を起すべしと、金玉(くがね)ひとつらね奉加につかせ給ふ。

霜の中に根はからさじなさしも艸

覚て後、感涙しきりなるあまり千日の行を企畢(きひつ)。……。百日の終〳〵撰集めし、巻々を梓（板木）

にかけ、国々をひろめ、猶千日の大望はたしとげば十の軸となし、神の榊にむすびかけ、仏の巻柱に籠んとなり。頭陀乞食の間、神明仏陀同じく冥慮をたれたまへ。穴賢。

奉加乞食路通敬白

これはどういうことか。お告げを授かり俳諧勧進を思い立つ。ありえないようだが、観音の夢告の類話は古来より、よくあることである。もっといって神頼みの常套の顕現としていいか。ところでそもそも勧進とはいかなる修行のことをいうのか。これは寺社の建立に際して、勧進帳を持って資金集めに諸国を歩いた僧、その意味から転じた言葉である。俳諧勧進、いかにも路通らしい命名でないか。このような用例がほかの俳書にあるものか、こちらなりに当たってみたが、いまのところ一集たりとも発見していない。句は、たとえ「霜の中」にあっても、お灸に用いる熱い「さしも艸」（ヨモギの異称）のように、観世音の護りのもと俳諧の「根はからさじな」一切衆生よ、の謂。

そこにはよほどつよい発心というか企図があったとおぼしい。あるいはこの集をもって、裏に回ってなにやかやと煽り立てるようなやからの鼻を明かしてやりたいと、そのように思ったことだろう。これでもって名誉挽回したいという。それにちょっとばかし功名心もあったのかも。なんとつぎのように決意のほどを披瀝しているのである。

あはれしれ俊乗坊の薬喰　（俳諧勧進牒）

「俊乗坊」は、平安後期から鎌倉時代の高僧重源の号。東大寺大勧進職として、源平の争乱で焼失した東大寺の復興を果たした。「薬喰」は、仏教の伝来以来、タブー視されていた肉食だが、あえてその肉を養生や病人の体力回復のため食べること。句は、東大寺再興の大勧進職として艱難辛苦、衰弱した身体を補強するため、仏教の教えを破ってまで薬食いをした苦悶を知れよ、の謂。むろんもちろん俳諧勧進に邁進せんとする自分自身の覚悟をいっているのだ。早速、翌十八日に修業始め。以上のように誓いを立て編纂に精を出すのである。

元禄四年（一六九一）。四十三歳。

路通は、ひたすら『俳諧勧進牒』（以下、『勧進牒』と略す）編纂に奔走している。そのいっぽうときに門人らは裏に回り路通に非を鳴らしつづけることに。だがなにはともあれ懸命に『勧進牒』に邁進せんというしだい。つぎのように詠むまでになっている。

三月三日　勧進当日之句

なげく事なくて果けり雛の世話　（西の雲）

前年十一月の観音の夢告から三ヶ月余、ようやく目処が付いた。おそらくこの「雛の世話」とは、それを踏まえての吟であり、句の取捨ぐらいの謂と理解できようか。それがいまや「なげく事なくて果けり」というのである。そこにはまた資金繰りもまずまず上首尾にいったとの安堵感もみえようか。路通、けっしてたんなる怠け者であるはずはない。乞食を貫きとおすには、当然それなりの性根にくわえて、努力が要るはずである。

四月、編纂完了。『勧進牒』上板のため江戸から京都へ向かう。版元は京の井筒屋だ。西上する路通の餞(はなむけ)に麻布六本木の内藤露沾(ろせん)(義英)公亭で句席が設けられる。露沾は、磐城平(現、福島県いわき市)七万石、内藤風虎(ふうこ)(義泰)の次男。下野守(しもつけのかみ)に任じられたが二十八歳で退身。西山宗因(そういん)(慶長十年〔一六〇五〕~天和二年〔一六八二〕、談林派の祖)門下で、早くから俳諧に親しみ風虎サロンの若亭主として活躍するが、退身後は江戸蕉門とも交流した。芭蕉とも風交があり、路通とは旧知の間柄である。

つぎの五吟歌仙「いかゞ見む」が巻かれる。

路通餞別

花に行句鏡重し頭陀袋　　**露沾**

虻も胡蝶もすゝむはるの日　　**路通**(西の雲)

花の季に京へ上る路通。この「句鏡重し」とは、勧進の句をいっぱい収めた鏡筥(はこ)(鏡・護(まもり)・領巾(ひれ)などを入れる手持ちの箱)の重さへの敬意なのだろう。

――路通坊、せいぜい頑張って勧進を成功されよな……。

それに応える路通の得意な詠みよう。なんとも「虻も胡蝶もすゝむ」などと、いやほんとうにこの気分の昂ぶりようはどうだ。

――露沾殿、いつもながらお世話になりました、かならず勧進は成就させます……。

またべつに其角が音頭をとった、送別の五吟歌仙「花に香の」は、つぎのような路通の立句にはじまる。

旅立ける日も吟身（ぎんしん）やむごとなふ（う）して

いでや空うの花ほどはくもる共　（勧進牒）

「うの花」とは、卯の花月（陰暦四月）の頃に降りつづく陰鬱な霖雨（卯の花腐（くたし））のこと。

――各位、空がいかに荒れようが、我はひとり行かんこと、誇らかにお誓いしてさて……。

いやはやこの気宇壮大さといったら。これに対して席の主が付けている。

句の上おもへはるぐの旅　**其角**

――路通兄、これからも句のあるべき姿に思いを寄せつつこの先すえながく参られたしよ……。

さきの露沾しかり。そして其角もまた。みるように東国の諸氏は湖南や京都の蕉門とは大違いのようだ。いけずではなく口さがなくもない。みなさんなんとなし路通にはどこか心優しくあるみたいだ。

それはさてつぎの句は京への旅の途に詠んだのだろうか。これがどこか捨てがたくてなかなか宜しいのである。

つみすてゝ踏付けがたき若な哉　（猿蓑）

句は、野に萌え出た若菜を摘んだものの、持ち帰る宛もなく詮方なく捨てて去り際に、踏みつけないように気をつけて行こう、の謂。ここにはまるでそのさきの幼童路通がぽつんといるようでないか。

●其角

四月下旬、京都着。五月下旬、やっと処女撰集『俳諧勧進牒』二巻上板をみる。上巻に、自序を付し、自句十五句を含む蕉門の四季発句を二百五十四句、曲水宛芭蕉書簡（註、前章引用、元禄四年一月五日付書簡）、「月山発句合」。下巻に、路通一座の歌仙八巻・五十韻一巻ほかを収める。芭蕉は、さきに「月山発句合」を世に問うことを周りに勧められた経緯がある。そしてここに書簡が載るのだから、ひそかにこの上板を喜んでいたはずだ。そうして蔭ながら応援したと考えられる。

ところでその跋文が其角というのである。いやこれがまあ抜群に面白くあるのである。

俳諧の面目何と〱さとらん。なにと〱悟らん。はいかいの面目はまがりなりにやつてをけ。一句勧進の功徳は、むねのうちの煩悩を舌の先にはらつて、即心即仏としるべし。句作のよしあしはまがりなりにやつてをけ。げにもさうよ。やよげにもさうよの。

元禄四年の春　狂而堂

どうだろう。これはおよそ芭蕉の説く句境と相容れぬ真逆の言ではないか。なんとそんな「まがりなりにやつてをけ」というのだから。其角は、しかしなぜこんな言い草におよんだのか。それはこの人の路通への愛からである。ついてはここで其角をみておこう。

宝井其角、（寛文元年（一六六一）～宝永四年（一七〇七））。別号、螺舎（らしゃ）、狂雷堂（きょうらいどう）、晋子（しんし）など。十四、五歳で芭蕉に入門。蕉門十哲で第一の高弟。芭蕉とは違い句風は派手であり、平明かつ口語調の洒落風を起こした。江戸蕉門の旋風児で第一人者だ。其角は、上方の談林派の面々とも親交があり、住吉社頭で行われた井原西鶴の矢数俳諧（二万三千句！）の後見を務めている。

芭蕉の評にある。「かれハ定家の卿也」（『去来抄』）。其角は、藤原定家のような超技巧派なるかと。江戸っ子らしく渋好みの蕉門でも才豊かで、大酒飲みの感激家で芝居仕立ての人物とされる。その淫酒の句には「十五から酒をのみ出てけふの月」「酒ゆゑと病を悟るしはす哉」ほか佳什（！）が多い。さらに紀文大尽こと紀伊國屋文左衛門や初代市川團十郎と吉原に豪遊もする。そのご機嫌な飄句にある。

闇の夜は吉原ばかり月夜哉　　其角（武蔵曲）

其角は、みられるように路通より十四歳下ながら、なかなかの世間師なること、路通のことは良さ悪さを含めよく承知していた。これには其角が少時に易学を前述の大顚和尚に学んでいた、そのことから路通と深く相知る面もあったろう。さらにまた自身に関わっていえば、蕉翁に叛く不届き者と指弾を浴びる、などなどと不評を買ってもいるのだ。そのようなわけで同門の者らがいわれなく路通を疎むのをほんとうに心底から憤っていたのである。なにゆえにそんなにまでも、路通というたぐいまれな才能、をないがしろにするのか。

――路通兄、あいつらとまともに取り合うことなんどないさ。まあ「まがりなりにやつてをけ」よな……。

いまここで子細にふれないが、そしてことは門人にとどまらない。そこにはあきらかに芭蕉への疑心が渦巻いているとみられよう。この件では前述した、「自乞食の翁とよぶ」（前出、真蹟「乞食の翁」句文懐紙）と吐露した、あの一節を思われよ。そうであるならばその初心を裏切ることにならないか。其角は、あるいはそのように考えたのではないか。いうまでもなく其角もまた芭蕉とおなじ薦被りに西行をみる人士であったからだ。つぎのように明言する其角をみられたし。

三蔵といひけるかたいもの、つづれたる袋より俳諧の哥仙取出して、点願しきよしを申してさりぬ。其巻の前書に、ここにいやしき土の車の林の陰に、身をかなしめる有と書り、いかなるもののなれのはてにか有けむ、かの巻の奥書に申つかはしける。

あまざかる非人尊し麻蓬　　角

(『華摘』元禄三年五月十日の条)

「かたい」は、乞食、癩者。「いやしき土の車の林の陰」の「土の車」は、乞食、癩者を乗せる土車のこと、であればそれに重ねて江戸浅草の非人頭車善七(くるまぜんしち)門の者をいうのだろう。そしてこの「三蔵」であるが、どことなく芭蕉に初めて合った日の路通みたくないか。句の「あまざかる(天(あま)離(ざか)る)」は、辞書には「鄙(ひな)」「向かふ」に掛かる枕詞とあるが、ここでは天からも見捨てられた者ぐらいに解したい。「麻蓬(あさよもぎ)」は、『荀子 勧学』の「蓬麻中に生ずれば、扶(たす)けざるも直し」から蓬のように曲がりやすいものでも、真っ直ぐな麻に混じって育てば曲がらずに伸びる。その喩えから、救いなくも率直に生きる「非人」をこそ尊き手本とせん、の謂。でこのように送ったところ、其角の亡母追善の「華摘」に際して「車輪下非人」氏より、つぎのような返しをみる。

本華本門の心を

雨露は有漏(うろ)の恵ぞもとの花の雨　　車輪下非人

『麻よもぎ』といふ句を結縁に申つかはしたれば、我母の追善とて此句を送りける也。翁当歳旦に　こも着て誰人ゐます花の春　と聞えしも未来記なるべし。（同、六月十日の条）

「有漏」は、仏教で煩悩。句は、煩悩に苦しむ残された者への仏の恵みさながら、雨が花を濡らしている、の謂。前書の「本華本門の心を」とは、仏教とあわせて其角の人となりへの有難さをいうか。でこのときゆくりなく前述の歳旦に翁が「こも着て」と詠んだことが改めて思い出されたというのである。

またべつに「乞食の画巻」なる画巻（柿衛文庫蔵）に「哀親なしと聖太子の憐み聞えさせ給ふにも、慈悲をはなれたる孤独いくばくぞや」と前書して詠んでいる。

玉まつり門の乞食のおやとはん　　其角

「玉まつり」は、陰暦七月に祖先の霊を迎えて祀る魂祭（霊祭）。句は、親の魂を迎えようにも（いったい路通のごとき）乞食にはそもそも誰も親は無きものよ、の謂。これをみるにつけ其角その人が「こも着て」と詠む翁とおなじ志の持主のあかしであろう。それがなんで当の翁にしてなにあってその心を違えたものかと。あえてそこらのことを含んでいったのであろう。だからまあそれなりに「まがりなりにやつてをけ」やってけってことよ、と。

其角、権門富貴に阿るいっぽうで、賤民非人に温かくあったのだ。

●**人の怒の悔**

それにいま一つあげよう。『勧進牒』の「春」の部にこんな句が載っている。

むめ（梅）咲て人の怒の悔もあり　　露沾

この句をどう解しよう。後悔先に立たず。そこらの事情を知る向きは苦笑されるか。この「人」は翁なり。句は、あきらかに前述の「火中止め」騒動を背景にしている。そこいらは露沾公、もとより蕉門でなければ、忌憚なしである。

――路通坊、勧進成されれば、そりゃ人の見る目も変わろう、成就期されかし……。

其角の跋文と、露沾の掲句と。芭蕉は、いったいこの集をいかに読んだものか。償い半ば、喜び半ば、さだめしその胸中はたいへん複雑であったろう。

それはさてこの仕事はその初集二巻のみで続刊はみられなかった。あるいは本人の精進が満足でなかったのか、はたまた観音の加護に見放されたものやら。そのさきに目指した千日におよぶ十軸は成就しなかった。しかしながら『勧進牒』の内容は蕉門の撰集として、第一流の集に並ぶものとされる。それがどのような性格のものであるのか。ところでいま筆者が手にしているのはこの集の復刻版なのである。ついてはその編纂者勝峰晋風（しんぷう）（大正・昭和の俳人・国文学者。十五年間にわたり新聞記者生活をしたのち、俳諧の研究や著述に専念。『日本俳書体系』ほかを編纂、刊行、俳諧研究に大きく貢献した）がその際に付した解題をみられたし。これがじつに路通とこの撰集を要領よく紹介しているのだ。

「路通の乞食は芭蕉の書翰で見ても其の前身を（お）よべるものゝ如くであるが、勧進始の俳諧は近江の曲水亭にて其角も一坐して行はれ、江戸に赴いては露沾子から召され、溜池の藩邸にて餞別の会を賑かに興業せられなどして、乞食どころか、たゞの俳諧師では思ひも寄なぬ待遇を受けてゐる。此の勧進牒二巻は路通が蕉門俳人として世間的交渉の広く、句作の技倆の優に一家をなせる事実を明瞭にするものである。……路通といへば涼袋（建部綾足）の『（芭蕉翁）頭陀物語』に小説化された墜落者である如く誤解されて来たのである。本集に収容して此の書の内容を示すのは、間接に路通に関する冤をすゝぐ結果となる事は疑ひないであらう」*1

晋風さんに、まったき一〇〇パーセント、納得である。『勧進牒』の達成と周囲の高評価。さらにまた元禄四年刊の『百人一句』に江戸にて一家を成せる者として季吟、其角、嵐雪などと路通の名があることから、俳壇での地位は相応に高かった。

ところで芭蕉であるが、この四月から京都は嵯峨野に入り去来の別亭である落柿舎に滞在したのち、五月初旬に市内の野沢凡兆亭に移った。芭蕉は、ここで去来や凡兆らと『猿蓑』の編纂に取り組むのだ。そしてこれが大事なことだが、この頃に師弟関係は復した、そのような経緯らしいのだ。おもうにどうやらそれは『勧進牒』上板がきっかけになったろう。

六月、芭蕉と路通は、大津四の宮の能太夫（高位の能役者）、本間主馬の丹野亭での句席に連なる。師弟は、それからはこの秋にかけて湖南と京都を行き来し寝食をともにしている。

●物いへば唇寒し

芭蕉と路通の間の濃密な関係が復した。それはまことに喜ばしい報である。だけどそのことを喜べない衆がいる。ふたりのその関係を嫉視するあまりだろう、なおのこと門人の態度はかたくなになるのだ。くわえてまたそこには『勧進牒』上板へのやっかみもあったか。鼻つまみ者、軽薄の徒、などなどと同門の多くが路通を忌み爪弾きするのである。

それにつけてもなぜまた、はしたなさすぎよう振る舞いがやまないものか、そんなときにどうだろう。

去来の『旅寝論』にこんな一節がある。「猿蓑撰候比(ころ)、越人をはじめ諸門人、路通が行跡をにくみて、しきりに路通をいむ」。越人とは、前章でみた路通に「ちるときの」の留別句を贈ったあの御仁である。

それがだけど越人のみならず「諸門人」がこぞって路通をさけたという。そのにくむべき「行跡」とはなになのか。わからぬがよからぬ事件を惹起させたろうことは、たぶんおそらく間違いないとおぼしい。ついてはその一件が起因することだろう、つぎのような事態が惹起しているのである。

九月三日、近江堅田で芭蕉ほか一座の十二吟歌仙が成る。路通の立句にある。

うるはしき稲の穂並の朝日かな　（菊の露）

どこやら別人の作みたいな、まったく裏の意味とてない。なんとも路通らしからぬ明るいばかりの一句でないか。

——各位、なんとも喜ばしい豊かな稔りを約するように、ともにこの朝のいま明るい陽ざしを仰ごうとは……。

それがしかし皮肉なのである。なんでどうしてそんな、わけのわからない、ことになったものやら。いやどうにも理解できないのだ。

芭蕉と、路通と。ふたりにとってこの俳席がともにした最後というのである。以来、なんということか師弟がそろって座に連なることは一度もなくなるという、現実。これはいかなる仕儀はたまた処置であるだろう。

いったいなぜ、このような紛糾を招来するまでに、いたったのか。

ひょっとしてこのとき、路通がいたのでは句席が成立しないほどの事態、とまでなっていたのか。みんなで示し合わせて、そういうことにして蕉門下で路通の参加を一切認められないなどと、そんなお触れを出しもしたのか。

わけがわからない理解がゆきとどかない。出入り厳禁！　なんてへんてこな顚末といったらない。

というところで、さきにおよんだ路通がその周りから願人坊主まがいに眉をひそめる零落ぶりであったのでは、なかったろうか？　とした一節をいま一度ここで想起されよ。でそのことに関わっていうと江戸の世において乞食坊主、そのなれのはてなる、願人坊主ごときは賤民と貶められてきた層なのであった。士農工商の四民以下。じつをいうとそこなのである。門人らはそのような下卑なんぞとはまず同席はごめんだ。とがんぜなかったのではないか。

路通は、ともあれこのときをもって、芭蕉の捌きを受ける機会、をなくしてしまったのだ。いやあまりに、ひどすぎる無理偏に頑固作りよろしい、しだいだろう。ほんとうに、どういうわけありのするところ、庶民の文芸とされる俳諧において逸脱も非道、きわまりないことをもってよしと、されるのか。ここで思われるのは自らを「乞食の師」と認める其角である。いったいこの処置を知って彼は激怒しただろう。しかしこの時分には彼自身が翁に叛く勝手者だと指弾されていた。それどころかその旺盛な活動はというと蕉門の埒外にあったきらいか。其角は、このときも旅の路通には書状が届かなければ、おそらく人を介して言い送ったかも。

――路通兄、あいつらとまともに取り合うことなんどないさ。まあ「まがりなりにやってをけよな……。

それはさて門人らの度重なる路通への誹謗はやまない。支考の『削りかけの返事』（享保一三）にある。この九月初旬、尾張蕉門の岡田野水（やすい）と越人が上洛、ときに京都に居た芭蕉と語らった。その折、両人が路通をあしざまに言いつのり、翁の機嫌をひどく損ねたという。

芭蕉は、しばしばこの件で門人を諫めたはずだ。しかしながら陰口や噂は抑えられない。この頃の芭蕉の句をみよ。

物いへば唇寒し穐の風　　芭蕉（芭蕉庵小文庫）

孤立する路通と、排斥する門人と。芭蕉は、その間でずいぶん悩んだ。一門を擁していれば、煩悶は尽きないのだ。門人を採るか、路通を切るか。だがしかし歯がゆすぎる。いったいぜんたい芭蕉になんとかする手立てがなかったものか。それがなにを言っても聞かぬ耳の群ならば黙るがよしという。

いうならばここらが俳聖芭蕉殿の人間的弱点ということになろうか。あるいはそれこそ弱点、ではなくて言葉がすぎるが、狡知といってもいいか。ここで思うのは路通を知る機縁になった「風狂列伝」[*2]なる文の言葉である。芭蕉は「正気のひとであった」として「結局、芭蕉自身は風狂願望のまま、果てた」という。

●世を捨も果ずや

世間のことどもをついに捨てるもならなかった芭蕉。風狂になれなかった芭蕉。ここはやはりとまれ苦渋のはて門人につくことにした。つまるところ一門の崩壊をさけたのだ。いやそれこそこれをもって、長年の夢の薦被り、になってしまっていいのに！

ところでこの折に路通に何事か含みおいたものか。おのれの至らなさを詫びるとか。そこらは記録がなくて不明なのだが。路通は、いっぽうこのときどうしたろうか、それこそ「宿命的な性格の欠陥」のために、どうにもこうにもできないのだ。おそらくこのように胸のうちでぼそっと呟くだけぐらいしかは。

――御師、まったくもって、それもこれも、身から出た錆、といわれれば、いたしかたなく……。

ここでこの秋になったとおぼしい句をみてみよう。どんなものだろう、ほんとあんまりな同門らの仕打ちに呆然としきったような、ようすではないか。そうしてなおまたわからない、合点ゆかぬ師の煮え切らない態度、それにもがっくりしたようであるか。

何と世を捨も果ずや藤ばかま　（西の雲）

寝覚ても起ぢからなし萩薄　（卯辰集）

一句目、これは「ぬししらぬ香こそにほへけれ秋の野にたがぬぎかけし藤袴ぞも」（『古今集』素性法師）の持ち主は知らないけれども、秋の野に誰が脱ぎ捨てていった佳き香りのする藤袴なるか、という歌を踏まえての吟だろう。「藤ばかま」を脱ぎ捨てるように「世を捨」てたくも果たせない、なんたる因果なことよ、の謂。ここにはむろん蕉門をおさらばしたい、だけどやはり翁との縁をおもうと、ならぬことかとの含意がこもっていよう。路通、苦しい。ただもう苦しくある。

――御師、こののちも何事があっても生きつづける所存でおります……。

二句目、これは芭蕉の加賀は「小松と云所にて」と前書する「しほらしき名や小松吹萩すすき」（奥の細道）を踏まえての吟と読めようか。翁のそれは、小さな松という「しほらしき名」の地にふさわしく、やさしい秋風が萩薄を吹くようす。それに応えて「寝覚ても起ぢからなし」という脱力の感はどうだ。
——御師、そうはいえどうにも朝に目が醒め起きるわけさえなそうです……。
あきらかにこの両句ともに野宿のものであろう。これをみるにつけても路通には肘を枕に寝る姿がお似合いのようすでないか。ついでにこの頃の句をいま一つ挙げてみたい。

大豆(まめ)の葉も裏吹(ふく)ほどや秋の風　（西の雲）

いわずもがな、これはたんなる自然詠ではなく人事詠とみるべきもの、でこそある。つまるところ、周囲の誹謗中傷の冷風、とすべきものだ。芭蕉の「物いへば唇寒し」と、路通の「大豆の葉も裏吹」と。くらべればおなし秋の風ながらどうだろう。芭蕉も辛い、だがしかしよりもっと、弟子は辛い。これをみてもいかほどか路通の胸を吹き捲る風の激甚さがおしはかられよう。

日々世にむかひ。人に随ふ毎に。にくまれむ事を悲しみ。誉(ホメ)られむ事をよろこぶ。油皿をこぼさゞるがごとく。氷の橋をつとふはかりになむ侍りける。（「返店ノ文」）

憎まれれば悲しい、誉められれば嬉しい。これこそが路通なのである。根はふつうの人とおなじ。あるいはもっと複雑このうえない身の上なればその気持はつよかったろう。ただふつうにみられんがため「油皿」をこぼさないように「氷の橋」をつたうようにもしてきた。なんてちょっと泣けるではないか。それなのにその橋ごと沈めるごとき心なき声ばかりするとは。いやはたしてこののちの師弟はどうなっていよう。

●不通仕まじく候

最後の師弟の句席から三週余り経った。九月二十八日、芭蕉は、江戸へ向かう。ときにその暇乞いに膳所の河合乙州(おとくに)(智月尼の弟で姉の養子となった)亭に立ち寄っている。となんとそこにたまたま路通が居合わせ鉢合わせるしだいになるという。これはきっとおそらく翁と主が示し合わせてのことだろう。むろんもちろん客さんには黙ったままにして。

——御師、なんで、どうしていまごろ、ここに……。

路通はというと、絶句するばかり。ときにどれほどこの不意の訪問に狂喜したことであろう。このとき智月と路通は、あまりの名残惜しさに翁の「頭陀を押へ　草鞋をかくし」たという。そうして翁を引き留めること、秋の長夜の更けるのも忘れて「風雅の教談」「会者定離(えしゃじょうり)の金言」をめぐり語り明かしつづけたと。しかしながら無情にも離別のときがくる。二人は、その別れの際に形見の品を求めた。ということはおそらくこの刻(とき)が今生の別れとなるとわかっていた? 芭蕉は、すると智月には『幻住庵の記』一巻を与え、いっぽう路通には「やつがれはいまだわかし誠の後の形見とて自画の像を出したまはりぬ」(『芭蕉翁行状記』後述。以下『行状記』と略す)という。

——路通、明日をたのまれぬ身であれば、形見がわりにこれを受けられよ……。

それはどんな自画像であったろう。しかしまたなんという師弟の留別のシーンではあるか。これぞまことに切っても切れないあかしなり。それはさていったいこれから路通の運命はいかになってゆこうか。

元禄五年（一六九二）。四十四歳。

芭蕉との唱和がなくなってからこのかた、路通の消息はほとんどきこえてはこない。繰り返す。光がなければ、影もまたなし。早春、またもや音信がふっつりと途絶えるのだ。路通は、どうやらこの前後に還俗（げんぞく）したらしい。二月中旬、芭蕉は、つぎのようにその消息におよんでいる。

路通事ハ大阪（ママ）に而（て）還俗致したるもの（と）推量致候。其志三年已前（いぜん）より見え来（き）たる事ニ候へバ、驚（おどろく）にたらず候。とても西行、能因がまねハ成申（なりまうす）まじく候へバ、平生（へいぜい）の人ニ而御座候。

（曲水宛芭蕉書簡、二月十八日付）

芭蕉は、ここにみるように路通の還俗のことについて、なぜかどこかで既定の事実としていたようだ。ところで「西行、能因がまねハ」とある箇所に留意されたし。芭蕉は、そのさきにこれらが偉大な先達の系譜に路通を位置づけしていたことだ。それだけになお芭蕉には路通還俗の報に接し失望落胆は根深いものがあったか。

「驚にたらず候」「平生の人ニ而御座候」。というような激しい反語はなおつよくその気持を語っていよう。しかしながら路通を破門にしたなどの噂については、路通の意志の弱さを嘆きこそすれ、「於二拙者一は不通仕まじく候」、すなわちさらさらも「不通（絶縁）」するなどという気持はないというのである。

これをみるにつけてもやはり師がこの弟子を見る目は厳しくも温かいものがあるのがわかろう。それはさきの書簡の十日前は同月八日付、近藤左吉（図司呂丸）宛書簡にもみられる。

去々年は路通と申もの参〔り〕、又々御懇意に預り申よし、少々風雅もとゞめ置〔き〕候様ニ勧進帳と申ものに相見え候。

芭蕉は、みるように『勧進牒』におよび「少々風雅もとゞめ置」と一筆書き添えているのだ。だがしかし門人たちの態度はかたくなだ。どころかなおますます冷酷になるばかりという。そうしてやはりその後も何か事件があったものか、そこらはよくわからないが、どうにもその振る舞いは相変わらずだったろう。のちに路通は「やつがれ此三とせ折々のたがひめ（違ひ目、行き違い）に翁心障りて、音信も遠ざり侍りぬ」（『行状記』）と告白している。このことから師弟の間にしばらくして、なんだろうか不審な事があったものか。いずれにしろ不明なのである。

●旅寝哉

いやたしかに乞食の行動となると、どうにも常人の埒外であるらしい。路通は、この夏頃、突然、なんとなんとも遠くは筑紫へと発っているのである。いったいどんな風の吹き回しであるのやら。やはりどこかで師の勘気や門人の誹謗を厭うことあってか。いやまったくもって道中の子細は不明なままなのである。ほんのわずかに学究がつぎの一文にふれるのみだ。

杉浦正一郎「元禄年間に於ける九州蕉門」[*3]。そこで氏もお手上げぎみなぐあい、「路通の行脚の足跡は明瞭ではないのであるが、今参考迄に諸俳書に散見する関係句を拾ってみよう」、としてつぎの二句を挙げている。

あそ山の吟
雲霜をためぬ御池の煙かな　（漆嶋）
豊前の国猪膝にて
夏草に落つくほとや旅心　（放鳥）

阿蘇の煙を仰いだり、夏草の褥に眠ったり。のんびりした旅なのだろう、まあのどかな詠みではないか。そんなふうにして、ゆるりと「元禄五年から六年にかけて宇佐・大分・阿蘇・熊本・長崎（越年）、豊前猪膝(いのひざ)に杖を曳き、六年夏に九州を去ったと推定される」らしいが、よくはわからない。だがときにこんな話が伝わっているのである。去来の『旅寝論』の「余評」、そこにつぎの一事が記されている。

「或人問曰、蕉門の附句に十七体のおしへ有とて、一とて路通此の浦（長崎）に来たり、人々に伝授す」

そのいつか芭蕉が書き捨てた附句の「十七体のおしへ」（子細不明）の反故のたぐい。これをわけしりげに路通が無断で伝授し鳥目をえたとされている。去来は、蕉門第一の人格者だ。だからことはまんざら根も葉もない作り話ではないらしい。とはさて乞食坊主ならば、それぐらいは、ふつうの渡世稼業という、ものであろう。だいたいそんな、ことさら目くじらを立てること、でもあるまいに。

芭蕉は、ところでこの筑紫行については存知なかったか。つぎのような謎多いユーモラスな書簡がつたわる。

路通は大坂にて蛸をことのほかすき候よし、羽織、脇指（脇差し）は人もかすものにて御座候へば、印籠、巾着までは手ばやく拵申候共、額のなりのちい〔ひ〕さく、羽織、脇指合〔ひ〕かね可レ申候。此道盤子に立ばら（腹）のせんさくはせぬやうにと存る計に御座候。

（曲水宛芭蕉書簡、元禄五年九月十七日付）

「蛸」は、生臭坊主。路通は、還俗し「羽織」に「脇指」をしようも、月代をしようにも「額のなりの」小さいためにさぞ似合わないことよ、の謂。どんなものだろう、この狭い小額というところに路通の哀しみ、をみてとれないか。芭蕉は、これが還俗の一件であるのに、どうしてか盤子（支考の別号）が腹を立てて、へんな理屈をこねてねじ込まないで貰いたいしと念を押している。なんでそうまでいう。そこにはどうやら裏の謂があるのではないか。とはどういうことか、それはあまりに芭蕉の気色ばみようというか記述の執拗さをみるにつけ、けげんだからだ。わたしは「蛸」について、ただたんに生臭坊主とみなした。だとすると「蛸をことのほかすき候よし」という文のとおりぐあいがへんに違ってしまう。じつはこの「蛸」であるが、隠語では「女陰」「私娼」を意味する。[*4] というのだが、わたしはもっと「陰間」のそれをいう意図がつよいのでは、とみるものだ。そのゆえんはつぎの「羽織、脇指、印籠、巾着」の道具立てにちなむのである。これはだいたい生臭のする風采ではありえない。ほかでもなくあきらかに歌舞伎者、もっといえば、衆道風情とみるべきそれだろう。とはしかしこれはむろん当方の想像するところでしかない。そうなのだがのちの遠藤曰人（陸奥仙台藩士）の編になる蕉門の伝記『蕉門諸生全伝』（文政年間稿）につぎのようにある。

路通、始乞食、翁ノ為ニ俳人トナリ、後大坂高さふ後家トナリ、諸門人絶交ス。翁、俳諧捨ズバ交ルベシトナリ。

「高さふ」とは、高三隆達（一五二七〜一六一一）。日蓮宗の僧で、小歌隆達節の創始者のこと。隆達節は、七・五・七・五の歌詞が多く、恋歌、祝歌などで扇拍子や一節切・小鼓などを伴奏に歌われた。「後家」とは、曰人の郷里仙台の方言で男女を問わず春をひさぐ者をいう。そうするとなんとも隆達の男妾（？）になったということやら（ここで引用しないがこの一件についての論証もある）。[*5] ところでこの頃に流行った隆達節なる歌謡はどのようなものか。ここに一つ二つ引こう。

竹の丸橋　いざ渡ろう　瀬でも淵でも　落ちばもろとも
とても消ゆべき　露の身を　夢の間なりと　夢の間なりと[*6]

「とても」は、どうせ、の謂。どうだろう、これはまるで路通の詠み流すようにする俳諧を歌い込んでいるよう、ではないか。でまたこのことに関わってこんな思わせぶりな句がみえるのである。

うか〳〵と後の朝にうちふして　（勧進牒）
うつり香も黒き衣装はめにたゝぬ　（仝）

「後の朝」「うつり香」。いやなんたる乞食僧にして破戒僧らしくないか。いつかの水上さんの笑い顔が浮かんでくる。

——路通さんは、そっちのほうの役もやってござったのでは……。

元禄六年（一六九三）。四十五歳。
路通は、さきにみたように旅の空は長崎で年を越したとされている。この旅では二つ挙げる。

一つは、つぎの歳旦句である。

備後の鞆にて
雑煮ぞと引おこされし旅寝哉　（彼此集）

正月、前書の「備後の鞆」は、鞆の浦（現、広島県福山市鞆地区、沼隈半島南端の名所）。するとこの作は長崎越年説とは合わない。だがさきにみたが、前書も創作、自由に改変、ありなのである。ちなみにこの句が「真木柱」「芭蕉盥」に採録される際には前書はないのである。だからこれは長崎の作句で備後の俳席で披露されたものか。

句は、おい起きろ、元朝というのに遅寝してないで、雑煮がとっくに出来ているぞ、おい起きろ、の謂。いかにも路通らしい一句であろう。

いま一つは、本稿の冒頭に述べた出生地に「筑紫」とある点について。さきにわたしは「六つ以上の生地？」とお手上げしている。なぜこんなにころころと出生地があっちこっちするのか。それはそれこそ「――その実は捨て子なり」であるからである。それはそうとしても上方あたりのどこかではなく「筑紫」はおかしくはないか。じつはそこにこそ乞食の知恵、乞食の処世があるとみられる。

どこであれ行ったところの、そのところの人になりきる。それこそカメレオンマン・ザリグそのまま。つまりそこを出生地であるとする。どうしてか。そうすれば宿も同情も喜捨も何もえやすい。筑紫に来たれば、れっきとした、筑紫の生まれなり。ついでにくわえて出世地に「常陸」とある点にふれたい。これは常陸法雲寺の小坊主時代のことと、のちに磐城（岩城）の露沾公の許に長期滞在していた。そのことに由来するのだろう。そうであればもっと多く出生の地がありうるだろう。

●菜雑炊
路通、いまふうにいえば〈ノマド（nomad）＝遊牧民〉というのであるか。それはさて湖南にはいつごろ戻ってきたか。おそらくつぎの句からすると夏のはじめあたりか。

伊勢の園女にあふて
雲の嶺心のたけをくづしけり　（薦獅子集）

前書の「園女」とは、斯波園女（しばそのめ）、伊勢国山田（現、三重県伊勢市）の神官の家に生まれる。蕉門の女流では智月と相並ぶ存在だ。芭蕉は、園女を「白菊の目に立てゝ見る塵もなし」と詠み讃えている。姿形、心根、ともにそれは美しいお方であったろう。路通は、九州から帰ってしばし、久闊を叙するべく、園女を訪ねたのやら。路通は、このときはもう微笑むばかりである。
――園女姉、あなたのような麗しいお方としばし話していると、だんだんと胸のわだかまりが解（ほぐ）れてなごみます、それこそ高い雲の嶺が崩れるように……。

ここには母性を憧れ希う路通がいよう。路通は、そしてまたこの頃に大津の智月亭も訪ねている。そこでわたしは思いを飛ばすのである。

智月と、園女と。おそらくこの両人にかぎっては、あるいはそんな路通から打ち明けられるかして、ひょっとしたらその身の上を知っていたのではないか？　でなくてもどこかで、ごくしぜんに母性として感覚するところが、あったのではないか。とはわたしの想像なのであって、むろんどんな確証もないのだが。

路通は、ところでこの前後につぎのような佳句をものしている。

忠度の絵を見て

鎧にもちるは覚ゆる桜哉　（仝）

「忠度」は、平家一門の武将・歌人平忠度。一ノ谷の戦いで、四十一歳で討死。このとき箙に結びつけられた文に「旅宿の花」なる題で詠まれていた。「行き暮れて木の下陰を宿とせば花や今宵の主ならまし」（『平家物語』）。路通は、おそらくこの一首に挨拶したのだろう。「鎧」と、「桜」と。戦と、雅と。なんという取り合わせ妙なることか。いや天晴れだ。

路通は、それはさてこの後どうしたろうか。どうやらそれから三井寺別院定光坊の住職、阿闍梨実永を頼って沙弥の生活に戻っているのである。還俗したのにまた、沙弥になっている。こんなことが一般にありうるのか？　これについても水上さんからこんな謎掛けをうけている。

――それはおおありよ。仏教は懐が深い宗教だ。親鸞上人さんの悪人正機がそう。このことではなんで博打の銭が寺銭と言うのか所以を調べてごらんなさいよ……。

なるほど、このように手元の辞書に説明されている、なっとく。

【寺銭】「博徒が経営する賭博場で賭金に応じてとる手数料のこと。語源については諸説あるが、江戸時代に取締りがゆるやかだった寺社奉行支配下の寺社の境内に、仮設の賭博場をつくり、賽銭勘定場と称し、手数料のもうけを寺へ寄進する形式をとったことに由来するという。……」(『世界大百科事典』第二版・部分)

これからもどうやら路通にとって寺はシェルター施設としてあったようだ。これまた僧形の功徳なるなり。それにつけてもこの頃の句は暗くにすぎるようだ。

むかし今の哀(あはれ)三人語り逢ひて
へばりつく冬艸(ふゆくさ)の戸や菜雑炊(なざふすゐ)　(仝)

前書の「三人」、加賀蕉門の藤井巴水(はすい)、乙州と巻いた三吟歌仙の路通の立句。寒々とした荒ら屋同然の戸の内で啜る「菜雑炊」とは、これ哀れの極みなるか、の謂。

ついてはこの章のしまいに確かめておこう。爪弾き者の路通と親しく交わった奇特な同門は誰と誰なるか。

一番、其角。路通のホームグラウンド湖南あたりにして、わずかに智月、園女、乙州ぐらいか。

ここに京や近江の主要な名はない。あとは流浪先の各蕉門だろう。東海道筋の白雪(はくせつ)や、知足(ちそく)ら。ほかには、加賀の北枝や、越中の浪花(ろうか)ら、などなど。これほどで尽きる寂しさという。

＊1「解題」勝峰晋風(『日本俳書大系2』日本俳書大系刊行会　大一五)
＊2「狂気の構造　一二」村岡空(くう)(「伝統と現代」昭四七・七　伝統と現代社)
＊3「蕉風の伝搬」杉浦正一郎(『芭蕉研究』岩波書店　昭三三)
＊4『隠語辞典』楳垣実編(東京堂出版　昭三一)
＊5「芭蕉文集」萩野清校注(『日本古典文学大系46』岩波書店　昭三四)
＊6「隆達小唄」(『日本の文学　古典編24　歌謡集』ほるぷ書店　昭六一)

―幕間―　芭蕉路通を殺せり

●芭蕉路通を殺せり

「最後に私はいふ、

『芭蕉路通を殺せり。』」

芭蕉と路通、くわえて蕉門をめぐる、混迷の経緯。そこらあたりまで書きついできたときだ。こんなショッキングな一節に別口の資料探し途中で出会っているのである。それはなんと拙著と同題の〈論考〉にあったのだ。

「乞食路通（蕉門俳人論所収）」野口米次郎。[*1]

いやこれがこの論の驥尾(きび)に付す結語というのである。いったいどうしてこんな思いきったというか考えつきかねる答えにいきつくのだろう。いやこれには仰天させられた。でこのときなにか胸にストンと落ちたような気になったのである。ひょっとすると、この論が路通を理解する助けに、なるのではと。というのでこれを俎上に以下みてゆくことにしたい。ちょっと趣向をかえてインターミッションというか幕間がわりに。

野口米次郎（一八七五〜一九四七）、明治・大正・昭和前期の英米詩壇で活躍した純国産の異色詩人。詩集に『From the Eastern Sea』『二重国籍者の詩』など。俳句研究者としても著名で『芭蕉俳句選評』『芭蕉論』ほかの本格的な著作がある。米次郎は、また芭蕉を詩神と賛仰し海外への紹介に尽力した。

なんともこの碧眼めく詩人ヨネ・ノグチに、まったく思いのほか、なんとそんな路通への論考があろうとは！　早速、一読。これがすこぶる面白くあること、わくわくするばかり、いやほんとうに数読させられた（もっとも今日の知見からみて誤記も散見されるが文意に影響はしない）。ついてはここにその要点をかいつまんで、なんでそんなに心動かされたかをみたい。米次郎は、その冒頭、あたりきにもこのように、揚言する。

「路通は何処の人間だか知らない……この書出しは彼に相応しい」「路通は乞食である……これは『何処の人間だか知らない』の次に来ねばならない文字だ」

わたしはこれを読んでふいと思いだしたのである。それは六章でみる頴原退蔵「蕉門の人々　路通」の冒頭の一節である。[*2]

「『路通はもと何れの所の人なるかを知らず』――この一句は路通を語る冒頭の言葉として、最もふさわしいとある詩人は言った」

じつにこの「ある詩人」とは米次郎であり、またすこし写し（訳し）違いがあるが、つまり「冒頭の言葉」とは前掲のそれだと。わたしはこのことに気づいていてなんだか、あの路通否定論者がと、どうにもへんな感じにとらわれたものだ。

　それはさてとして、話の本筋に戻る、ことにしよう。米次郎は、つぎのように乞食路通についていう。

「天を屋根と、地を布団として、春の桜を秋の紅葉を帳とする乞食生活は、日本の自然詩人の最高理想である。少なくもそれに近い生活をして、彼等は自然と合一することが出来る。詩人となつてから乞食となつたものは、到底その乞食生活を完成することが出来ない。西行もさうであつた。又芭蕉もさうであつた。然し路通は詩人となつた以前に乞食であつた」

　生来乞食と、志願乞食と。跨ぎ越せないその深い溝。それについては繰り返しふれてきた。米次郎は、そこにある距離については、じゅうぶん承知している。「路通は詩人となつた以前に乞食であつた」

　でそこで若い彼は考えたろう。いやぜったい自分は志願のそれであって本物の乞食になれない。しかしながら、それにより近づこうと懸命になればその距離をいかほどか縮めうるのでは、ないだろうか、と。

●狸に習ふ

　明治二十六年（一八九三）、米次郎は、慶應義塾大学を中退。国際的な地理学者、志賀重昂（しげたか）（一八六三～一九二七）の家に寄食する。十一月、北米の事情に精通した志賀の口添えで、自由なる未知の地に憧れ横浜から渡米。十二月、サンフランシスコに到着する。翌年、当地から徒歩でサンフランシスコ・ベイエリア地域内のサンタクララ郡にある都市パロアルトへ向かう。このとき「私は二十二三歳の頃、乞食生活をして米国の太平洋岸をのたくり廻つた」のであると。そしてその旅のさきざきでの、志願乞食として味わった路通体験のその、「のたくり」ようを綴るのである。これがまあちょっと尋常どころではないのだ。

「加洲の桜の山が山と細い河を挟んで燃える所で」野宿、このときに路通になりきり「肌のよき石に眠らん花の山」とうそぶき眠ったしだい、そうして陽も高く「花枕(ママ)虻(あぶ)を押へて目覚めけり」と起き上がったと。さらにヨセミテ瀑布への途上、谷川の流れを枕に仰向き、暗闇を見詰めたときのことである。

「……私は、断崖絶壁ででもあるかのやうな険しい雲の天辺に引掛かつてゐる一つの星を見出した。路通句あり曰く、

五月闇星をみつけて拝みけり

ああ、深夜に寂しい一つ星を見る時位荘厳の感に撃たれることない(ママ)。その場合、私は真暗な天地の殿堂に黙禱するたつた独りの僧侶である。私の祈禱に星は必ずや答へるであらう」

路通が淋しい夜に仰いだ星影。それから二百余年も経て、異邦の地にある「独りの僧侶」である、乞食志願が仰ぐという。ほんとなんと「荘厳の感に撃たれる」光景であるだろう。つづいてそのさき、サンタバーバラの平原で露の一夜を明かさんとした、ときのことである。

「時は秋だ。夜の空気は紫色に煙つて樹木を包み、私は一幅の画中に横はつて永遠の自然をしみじみと味つてゐる。遠くから隠見する村落の燈火はこの世のものでないやうに感ぜられた。かういふ晩に、路通は次の如く歌(ママ)つたであらう……

朗詠を狸に習ふ秋の野辺

私はこの加洲の秋の平野に、私に朗詠を教へて呉れるやうな狸の居らないことを遺憾に感ぜざるを得なかつた」

なんとこんなにしてまで、路通と一体、ならんとしているのである。これにはちょっと驚愕していいだろう。こんなことはぜったい学究さんはしない。いわんや穎原氏はなおだ。しかしおそらく路通にかぎっては、こんなにしてまで志願乞食ながら生来乞食ならんとすること、ようやくその境地をのぞめるのだろう。

ここでこのことに関わってついでに私事におよぶことにする。じつはこの年齢で当方は最少の装備で山中に野宿などしている。そんなとき米次郎ではないが、なんとなし路通と共振するような、おかしげな既視感をよくおぼえる。ふっとそんな「いづれの時。いづれの里。いづれの狂人か。同じく此むねをあハれまむ」(「返店ノ文」)なんてふうに……。

それにしても米次郎の路通狂はかぎりない。どうだろう、そこには知識にとどまらない、あえていうならば路通に倣い路通を生きようとした、ひとりの詩人ががんとしていると、そういおう。

しかもなんとこの時代に異邦にあってそうしたのだ。米次郎は、このときの辛い無銭旅行、乞食生活を踏まえていう。

「(乞食生活は) 人間の弱点につけ込みそれを遊戯する点に快感がある。この快感が乞食を軽薄無節操な人間にして仕舞ふ。実際さうなつた時乞食生活がその完成に達したのである。路通は許六などから、『其性不実軽薄』の言葉で軽蔑されてゐる。乞食として路通はさう有つて然るべきだ。彼は不実軽薄である、即ち彼の乞食生活は完成したものである。……。人から物を与へられて喜ばず、又人の拒絶にも平気な心持で居れる所に乞食の値打があるのだ。路通は乞食であつた、しかも詩人であつた。彼は立派な詩人であつたやうに、立派な (立派といつては可笑しいが) 乞食であつたであらう」

●不実軽薄

「不実軽薄」、それこそが乞食の本分なのである。なんとも胸の空くような、ほんとうに正直な見方ではないか、これには深く頷かされた。ここまでずっとみてきた、世間一般にはどうにもこうにも理解のゆきとどかないような直情径行、そのちぐはぐなありよう。それがここに簡にして要をえて説かれている。そしてそれは正しくあるのだ。「人間の弱点につけ込みそれを遊戯する点に快感がある」。いやほんとう誤ってはいない。米次郎は、そこからおよそ学究には考えられないまったく、びっくりどっきりの仮説を立てておよぶのだ。

「私はいつも路通の事を考へると、彼が芭蕉に草津の守山で出会つたのは不幸であつたやうに感ぜられてならない。芭蕉は路通を拾ひあげて、その詩境をあたら破壊して仕舞ふに至つたのではあるまいか」

これをどう読解したらいいか。ここでいう「その詩境を……」とはさて、どういう境地をいうものか。それはどうやらこの後で引く「乞食の見る詩の世界の消息を齎ら」す域と捉えているらしいが。それを芭蕉は「あたら破壊して仕舞ふに至つた」という。

だがこのことでは、学究のみなさんはというと、これからみてゆくように俳聖芭蕉絶対主義であればいわずもがな、およそこれとはまったく反対、であるのはわかる。あくまでも芭蕉ありきであって、くどすぎるが、おこぼれで路通ありなのだから。

「出会つたのは不幸であつた」。どうだろう。じつはこのことは、どこかで路通を読みはじめたときからの当方の思うところ、でもあったのである。よくわかる。なるほど文中に「野に置け蓮華草」の諺がみえる。米次郎は、だがそれにつけてもなぜ、そんなにも直情径行的（？）ともいえる、ものいいができるのだろう。

二重国籍、二重言語。それを一身にする。というこの詩人にはそれはもう、いうにいわれぬ困難さがあった。おそらくその胸のうちでは英米詩圏でしかるべき地位をえるために母語扼殺をしたとの思いがあった。そしてまんまと偽英語詩人になったという。それこそあのカメレオンマン・ゼリグさながらにも。でしばしばそのように思うことがあって、路通と自分を、ごくしぜんに重ねてみるようになったか。米次郎は、つぎのように断言することに躊躇したりしない。

「然し路通は乞食である。彼は、少なくも日常生活の上で不実軽薄な乞食である。その血に染み込んだ放浪癖を、どうして彼は適当に整理按排することが出来よう」と畳み掛ける。そして念を押すのだ。

「恐らく芭蕉の倫理的潔癖が彼を苦しめたであらう。時には彼は芭蕉の道徳論に謹聴すべく余儀なくされたに相違ない。さういふ場合、路通の反逆心は不羈奔放の角をによきによきさせたに相違ない。彼は芭蕉の弟子となつたことを後悔したに相違ない。又芭蕉を囲繞するものは徳行家である、少なくも謹直者を気取る連中である。かういふ人々の間に挟まつた路通は、決して其所を得たものでない……彼の心は寂しかつたであらう」

ここでまた想起されるのは、路通初見のきっかけ「風狂列伝」[*3]にあった、つぎのような一節である。

「(芭蕉は)正気のひとであった。だから、みずからを『風狂』だとは言えなかった。しかし、かれの風狂好みは徹底していた。かれは、おのれのあまりの正気の沙汰をもてあまし、嫌気がさし、なにか逸脱してやろう、と生涯思いつづけた。が、ついにかれの知的浪人・理性的あぶれもののいじましい正気がそれを許さなかった。結局、芭蕉自身は風狂願望のまま、果てたのである」

「芭蕉の倫理的潔癖」「芭蕉の道徳論」、蕉門の「徳行家」「謹直者」ら連中。その間で繰り返されつづける諍い行き違い。許六をはじめとする執拗きわまりない応酬。これもまたここまで本文で跡付けてきたとおりだ。

「路通は乞食である……彼が芭蕉に出会つたといふことは不幸であつた。少なくも彼が職業俳人の雰囲気に触れなかつたならば、もつと私共に乞食の見る詩の世界の消息を齎らしたであらう」

米次郎は、つねづね芭蕉を詩神と賛仰してきた。くわえてその路通偏愛は筋金入り心底本物であることだ。かえりみて芭蕉なければ、もとより路通またあらず。そのあたりのことは承知しないはずはない。じゅうぶんに。そこを、おしてあえてする絶対矛盾的抗弁（?）なのであろう、これは。どういうか、いかにもこの異語詩人（エクザイル）らしい霊感閃光（インスピレーション）といおうもの、ではないか。

いやそう、『芭蕉路通を殺せり。』、なりとは。

●大きい笑

以上、ながながと野口米次郎「乞食路通」をみてきた。わたしはここに路通といかに相対するべきか、たいへんに真情あふれる示唆があるとみたい。

どのようなものだろう。いったいそもそも師匠であるとか同門であるとか乞食にとっては最初からないのである。ついては芭蕉からも蕉門からも距離をおき路通をとらえるべきだ。おわかりいただけよう。

路通は、そのはじめに和歌を学んだのちに俳諧の道をあゆんでいる。いうならば和歌は小僧時代の素養でしかない。しかももともと和歌は御簾（みす）の内でする、つまり官製の遊戯か芸よろしくあった。であればそう、和歌では得られない真実なるものが俳諧にはあると確信して転じた、にちがいない。

それはだがしかし、どういうことであるか。ほかでもない俳諧なる文芸について、自由自尊、殿様も乞食も、一座平等、まったき差別なき世界であるべきだ。それがことのはじめで、すべてであったろう。

乞食もするなる俳諧。そうしてそれを一貫しとおしたのが、ほかでもない路通ではないのか。そうであるならば、あくまでもひとりの乞食として路通の生涯とその俳諧をとらえるように、つとめるべきだろう。

そうはいうものの路通のことなのである。みてきたように願人坊主まがいな身過ぎ世過ぎをしてきた。たとえば地方にあって点取俳諧興業でもって鳥目をいただく。はたまた数々の小悪におよぶ乞食坊主というのである。それらもあわせて真実というのである。

というような、とんでもない奴さんなること、どういうのか、なんとも易しくはない材であれば、これまでとおなじ、まこと読者には面倒ながら、これからもやはり、どうにも解りにくい話になろう。とはさてそう、うっかりして忘れてしまいそうな、ところだった。

さいごに米次郎が詩人なれば、ここにエチケットとして彼の代表作を紹介しておく。シニックにして巧まざるユーモア。どうだろう、どこかなんとなし路通と相通じるようでないか、いやほんと。


『君経帷子(きやうかたびら)を持つて来るには少々早やすぎるね、』／かう僕は死にいつた。死は妙に微笑した。／『ほんの仮縫(かりぬひ)にですよ』と死は僕に答へた。

『其処が余り緩すぎやせんかね、また此処が堅すぎる。／第一僕はこの色合が気に入らぬ。／なにはさて置いても、多少スタイルが無くてはね。』

死は軽蔑（あざわら）ふ大きい笑を洩した、／そしていつた、『御常談ものですよ、／これはあなたの生の着物を／一寸ひつくり返へしたのみぢやありませんか。』（「経帷子」[*4]）

＊1「乞食路通」野口米次郎（初出『野口米次郎ブックレット18』第一書房　大一五・六／『野口米次郎撰集1』クレス出版　平一〇）
＊2「蕉門の人々　路通」潁原退蔵（『潁原退蔵著作集　第十二巻』中央公論社　昭五四）
＊3「風狂列伝」（前出）
＊4『二重国籍者の詩』野口米次郎（玄文社　大一〇）

(五) 寒き頭陀袋

●孑孑むし

元禄七年(一六九四)。四十六歳。

いったいこの年はいかようなことが降りかかるのか。よからぬことが起きることはこれをご免ねがいたくある。芭蕉は、二月二十三日付、曲水宛書簡に認める。「路通事、……、兎角理の上に申事無難不次に存候。いま爰元へは兎角の沙汰申ひろげず候」と。芭蕉は、これをみるにつけこの頃には路通が「無難不次(無事)」で沙汰を聞くことなくなったのやら。ちょっとばかし心配が和らいだみたくあるが、そこはずっと想いを篤く懸け合った仲なのであれば、やはりどこかその無音を寂しがっているようだ。

五月、芭蕉は、息子の次郎兵衛を連れて江戸を発ち、伊賀上野へ向かい、同月二十八日には帰着した。その後、湖南や京都へ向かう。そしてその夏のいつ頃なのだろう。

三井寺別院定光坊実永阿闍梨。この高僧は芭蕉と親交あり。路通は、そこでこのとき実永師に頭を下げて芭蕉との取り成しをたのむのだ。弟子は、そこらの事情をつぎのように回想している。

定光坊実永〔阿〕闍梨（シャリ）心がゝりとなりとて、翁の方なだめまいらせ、此度万罪（ヨロヅツミ）ゆるし給へども、外の障（サハ）りなど侍れば、面（オモテ）むきうときさまにて、それよりはやつがれ、加賀の国へ旅たちける。そこにもむつまじき方ありて、日かずへぬ。（『行状記』）

ようやく師の勘気が解けたのだ。だからこれから芭蕉に従い句席に連なってもいい。路通は、しかしこのとき胸にしたのだろう。「此度万罪ゆるし給へども、外の障りなど侍れば」、ついてはこの際なんらかの身の処し方を示さなければと。ここらあたりが芭蕉と同門らへの路通らしい返答の仕方なのであろう。弟子は、このとき伏して願っている。

——御師、これから一つやつがれ俳諧勧進行脚にのぞみたく存じますが……。

芭蕉は、そこらのことは、よくわかっていて黙って頷くようにするだけ、ではなかったか。路通は、それからほどなく旅の空となっているのだ。この度は加賀、越中の国へ。ところでこの行脚についてだが、まったくその子細はわかっていない。

またもやお手上げするしかなさそう。しかしこのようなときは、まず句に当たる、それがいちばんであろう。するとやはり足跡があったのである。

一つ、『草庵集』（元禄一三）

一つ、『去来文』（元禄七）

ここに載る句にはっきり、まがうことなく、このときの旅の作がある。あるいはそれと読んでいい句がみえるのである。それではこれから『草庵集』からみることにしよう。

湖南、京都を発って、加賀、越中へ向かう。それには『奥の細道』の師を迎えた、敦賀へ出るのが至近である。しかしわたしはこの度はちょっと遠回りをしたと考えたいのである。それはつぎの句があるからだ。

はし立にて

つら耻をわすれて見たし磯清水

「磯清水」は、天の橋立内の橋立明神（現、天橋立神社）の脇にある井戸。千金の井戸、神の世の井戸と呼ばれる。それは四面海中にも拘わらず塩分を含まない真水の泉が湧くからだ。

――御師、まずもってここに参じましてその清水で面恥をすっかりと祓ってまいります……。

橋立からそうしておそらく、丹後へとめぐったのであろう。

いける身はしな蓮より丹後鯖

生身のわれには「蓮（極楽浄土）」ではなく、やはり腹の足しにする名物「丹後鯖」なるよ、の謂。

そのようにうろうろと日月を掛けて丹後、若狭、越前と行脚して加賀に入ったのであるまいか。

はじめて加州に入りて

白山の雪はなだれて桜麻

「桜麻（さくらあさ）」は、麻の一種。花の色、または種子をまく時期からの呼称。「白山の雪」の白と、「桜麻」の彩と。これは初めて「加州（加賀）」へ足を踏み入れる際の挨拶の句だろう。しかしいうまでもなく、この行脚は軽い気散じの、それではあえりえない。

述懐

身やかくて孑孑むしの尻かしら

てまえは尻を上にして浮遊するような、「孑孑（ぼうふら）むし」、さながらの可笑しくも哀しい奴なるよ、の謂。なんたる自嘲、自虐であろう。たぶんおそらく、この旅の途で軒の下か野に臥すこと眠るに眠られぬ夜に己を嗤って、のことであろう。

まずこの「かくて」の語に込めた思いのほどをみたい。そうしてそんな「述懐」と前書からして、じつに今度という今度ばかりは師の前に出られぬ馬鹿もほんと馬鹿よなと、それこそ叩頭（こうとう）し号泣するようでないか。

まだまだ旅はつづく。さきざきで同門を訪ねまわって、さまざまな事に出会すことになる。むろんもちろん袖すり合うも多生の縁なる人の不幸にも遭うことにもなる。そんなときには僧形であれば葬の列に連なり読経もしたりしよう。ついては芙蓉軒春紅（子細不明）なるお人を偲んでの吟をみられよ。

芙蓉軒春紅はからぬ世をはやうし、思はぬ法のしたゝめなんど哀なるよし聞て、艸のたもとをしぼり侍りぬ。花にうかれし友どちの中、月にかたらふ閨の枕などは、わすれぬ事のみぞおほかる。おもふにうとまれて久しきよりは、（を）しまれてみじかき人は後の世の罪もうすく、台の花のちぎりもふかゝらんとたのもしくおぼえて

蓮の花ぬしづく人の別かな

春紅さんは、どうやらこの地の俳友のひとりで路通とは「花にうかれし友どちの中、月にかたらふ閨の枕などは、わすれぬ事のみぞおほかる」というほども風交があったらしい。「ぬしづく」は、漢字で主付く。意味は、わが物とする、所有する。「蓮の花」は、仏の台。いましも「芙蓉（蓮の異称）」の名と徳を持つ春紅さんと別れようとは、の謂。いやこれなどほんと、なかなかの佳句というもの、ではないだろうか。たぶんおそらく故人は早世であったろう。「おもふにうとまれて久しきよりは、（を）しまれてみじかき……」。ということは自らにこそ言いきかせ教えとせん思いであったのだろう。

ということにはいわば殊勝なる路通がみられるのだ。だがしかしそれにとどまらない。やはりどこかにまた裏返しの路通がおいでである。

ある上人の、垣根にへちまをあまたうへ(ゑ)られたり。いみじくちそうせられて、ことの外(ほか)にはびこれりけれども、あだばなのみ咲てみのらず。是をいとゞ秘蔵(ひそう)せられるを聞て

へちまにもあだ花咲(さい)て糸瓜(へちま)哉

いったいこの句をどう解したらいいか。「ある上人」とは、ここではふつうには蕉門の浪化上人(越中井波の名刹瑞泉寺の十一代住職)となるところだろう。だがわたしは深読みしたくある。ひょっとしてこれは翁を詠んだのではないかと。するとこの句はつぎのようにパロディ吟にできよう。

「しようもんにもあだ花咲て蕉門哉」

どうだろう、よくこの前書を味読されたし、おわかりか。ほんとまったくピッタシでないだろうか。いやそんなけっして深読みすぎではあるまい。なにしろなにぶん、路通の悪達者な句才、であればありうる。「あだ花」は、むろんのこと門人さんとなるか、そうかとまた自分をもいっていよう。

●有磯海

というところで、つぎには『去来文』のほうを、みることにしよう。

越中国に赴て　倶利伽羅峠

くりからの小うそ寒しや雲の脚

「倶利伽羅峠」は、寿永二年（一一八三）、木曾義仲の率いる反乱軍が平維盛らの追討軍を破った峠。平家軍は峠の断崖へ追い落とされ、谷底は七万騎の屍で埋め尽くされた。「小うそ」は、義仲軍の夜襲と、退路を断崖口に絞った奇計を指そう。ゆめゆめ油断禁物なるなり、つねづね用意万端であれよ、の謂。

つぎにこの句をみてみる。

有磯浜

まがはしな月きら〱と有磯海

「まがはし」は、紛らわしい。「有磯海」は、越中の歌枕で有名な景勝。どこからが名月か海の反照かわからぬ、それほど晴れわたり「きら〱と」眩いばかりの有磯海なるか、の謂。

じつはこの一句にはこんな背景があるのだ。芭蕉は、『奥の細道』の途上、陸奥を横断して日本海沿いを南下、残暑の厳しい元禄二年七月、越後から越中に入った。

黒部四十八が瀬とかや、数知らぬ川を渡りて、那古といふ浦に出づ。担籠の藤波は、春ならずとも、初秋のあはれ訪ふべきものをと、人に尋ぬれば、「これより五里、磯伝ひして、むかふの山かげに入り、蜑の苫葺きかすかなれば、蘆の一夜の宿貸す者あるまじ」と言ひおどされて、加賀の国に入る。

芭蕉は、その昔に大伴家持が歌に詠み、近くは宗祇も尋ねた古来名高い「担籠（田子）の藤波（藤の花）」を一見せんとの思いで脚を運んできた。だけど土地の人から「宿貸す者あるまじ」と脅されて、そのまま加賀への道を取ることに。芭蕉は、心を残しつつこの地を去る。その折の吟にある。

早稲の香や分け入る右は有磯海　**芭蕉**（奥の細道）

香しい初秋の稲田を分け入ってゆく、道の右手の遠く、憧れの有磯海が望まれるのだが、の謂。以後、有磯海は門人らに憧憬の地となり、近隣に住む浪化上人にいたっては、二度にわたり句集にその名を付けてもいる。これからも有磯海への思い入れのほどが理解できるだろう。芭蕉は、ついにここに立てずに去っているのだ。それはいかばり無念だったことだろう。弟子は、そこで詠むのだ。

――御師、有磯海を憶えておいでいでしょう、やつがれいまその地にまいりまして、それはもう美しい名月を仰いで風雅の誠に思いを馳せています……。
路通は、できればそのうち師の口からこの句について評を仰ぎたかっただろう。

●身をあやまつか

まだまだ行脚はつづく。これまでと変わらなく「そこにもむつまじき方ありて、日かずへぬ」ぐあいの旅になっている。これまた乞食路通らしいか。それこそ風に吹かれるまま、『源平盛衰記』や『義経記』にいう義経が奥州平泉に逃れる際に通った北陸道を、ぶらぶら歩き回っていたろう。こんな句がある。

布勢(ふせ)の丸山の館(たち)
鳴(なき)やむかし少将(せうしやう)のむし弁(べん)の虫　（去来文）

布勢丸山（現、高岡市）は、家持の歌「布勢の海の沖つ白波あり通(がよ)ひいや年のはに見つつしのはむ」で有名な古跡。そこに立つと家持の歌ならず、おそらくこの丸山の館にも義経らが駒を止めたろう、いまもその昔の語りを偲ばせ虫たちも鳴きしきるよ、の謂。「少将」は、義経。「弁」は、弁慶。いやなかなかの佳句ではなかろうか。とはさていっぽうその頃、師はいかにしていたか。
この夏、六月二日。寿貞、深川芭蕉庵にて死去。享年不詳。芭蕉は、八日、京都嵯峨の去来の別亭落柿舎にて訃に接する。七月十五日、伊賀上野での松尾家盂蘭盆会（玉祭）に際して、寿貞を悼み詠む。

数ならぬ身となおもひそ玉祭　　**芭蕉**（有磯海）

寿貞については芭蕉との関係もおよそ子細にしない。芭蕉の周りにいながら逸話も残っていない。このことからも、格別の才能の持主でも、高い身分でも、優れた美貌でも、なかったものか。しかしながら芭蕉にとって寿貞はというと、あくまでも「数ならぬ（とるにたらぬ）身」ではなかった。いやほんとこの愛別の痛切さはどうだろう。まさに絶句である。

——寿貞よ、お前には優しい言葉の一つも掛けてやれなかったが、お前はかけがえない大切な懐の宝でこそあった……。

七月、八月、芭蕉は、伊賀上野にあって悲傷の気持を胸深くにし『続猿蓑』撰に日夜なくかかりきりで疲労困憊しきっていた。そこにもってきて郷里ゆえの句席や接待などの俗用がひきもきらぬ。というところで『小説』をみてみよう。

八月十五日、芭蕉は、ひとりひっそりと名月を仰ぎつづけている。するうちにしきりと旅の路通が偲ばれてならないのだ。でそこでおぼえず月に向かって低く呟いているのだった。「月を仰ぎ、月と語り、月と化する」。それこそが風雅の徒、至高の法なのである。

「芭蕉はそのとき、放浪者路通のことを思っていた。おそらく、高級武士や富商たちにちやほやされた宴のあと、それへの抵抗であったにちがいない。

『路通よ、この月を、何処で見ている？……』

『敦賀で仰いだ月を、忘れるな。……』

『路通よ。……』

狂おしい乾きに似た激しさで、あの嫌われ者の乞食を決して捨てまいと芭蕉は思った」

この呼びかけに、だが応えはない。師の御心のほどをそれと、弟子は感じていたろうか。路通は、ほんとうにこの夜にいったいどこで月をみているのか。するとおそらくその夜のそれだろう、つぎのような句がみえるのである。

赤壁

月の岩に身をあやまつか蜷の虚（去来文）

「赤壁」は、巨岩や断崖をいう景勝の雅称。おそらく当地にも相応しい名所があったか。「蜷」は、古歌にも詠まれるが、俳諧では、水底を這う蜷の道の吟が多い。でおのずと詠むところは明らかだろう。中七の「身をあやまつか」と吐く慚愧。「月の岩」と「蜷の虚」と、一幅の対比。みるようにこの句をもって遠く弟子は師への応えとしているのだ。ほんとうになんと見事なまで素晴らしい挨拶ではないだろうか。

――御師、ひたすらに風雅の誠を極めんとしてまいりました、やつがれいまここにこうして、われとわが哀れな残骸を晒すばかりなようです……。

●夢は枯野を

元禄七年、夏から秋へと、路通は、あちらこちらと北陸道行脚をつづけている。そしてこのとき起ころうとしていることを、心は旅の空、まったくもって知るべくもなかったのである。まだまだそんな「そこにもむつまじき方ありて、日かずへぬ」というぐあいで。

芭蕉は、ところでこの日頃いかがしていたか。どうにもこうにも難航すること『続猿蓑』撰はいまだ仕上らないままである。

九月三日、支考が呼ばれ手伝いに参じる。八日、芭蕉は、そんな折も折、降って湧いた用に急いで、伊賀上野から奈良へ、生駒暗峠を経て、大坂へ赴いた。いったい何があって？　じつにこの大坂行が野暮用で絶望的もいいのだ。

槐本之道（えのもとしどう）（大坂蕉門の重鎮。本名、伏見屋久右衛門。薬種問屋主人）と、濱田洒堂と。このとき両者が対立していて、膳所の水田正秀らの懇願で、その間を取り持つためだ。これもまた一門を束ねる宗匠の務めなるか。しかし下らない。これぞまさに「しようもんにもあだ花……」ではなかろうか。九日、大坂に着いた芭蕉は、当初、若い洒堂の家に留まり諭したが、彼は頑なに受け入れず身を隠す。十日、芭蕉は、心労から体調を崩して、之道の家に移った。その夜に発熱と頭痛を訴える。二十三日付け兄半左衛門宛書簡にある。

私南都（奈良）に一宿、九日に大坂へ参着、……十日之晩よりふるひ付中、毎暁七つ時より夜五つまでさむけ、熱、頭痛参候而、もしは、おこり〔瘧〕に成可申かと薬給候へば、二十日比よりす〔っ〕き〔り〕とやみ申候。

二十日、「すきとやみ」回復、俳席に列している。浪速の門下の、歓迎は熱烈だ。というより過剰もよろしい。どうかすると師を引っ張り回すぐあいである。ほんとうに、だけどなんで断れないものか、わからない。なんとも歯痒すぎよう。二十六日から二十八日まで、連日、句席に連なる。そして二十九日夜である。激しい下痢で伏し、容態は悪化の一途を辿る。

十月五日、之道亭から、御堂筋の旅籠、花屋仁左衛門の離れ座敷に病床を移す。膳所、大津、伊勢などの門人らに急を告ぐ。

旅に病んで夢は枯野をかけ廻る　　芭蕉（笈日記）

八日、芭蕉は、「病中吟」と称して詠む。病床で推敲し「なほかけ廻る夢心」か「枯野を廻るゆめ心」とすべきかと思案する。それからしばらく夜更けにようやく一句としておさまった。かくしてこれが翁の最後の句となるのである。

九日、付き添いの支考に、そのさき嵯峨で詠んだ一句を示す。

大井川浪に塵なし夏の月　**芭蕉**（杉山杉風宛書簡　元禄七年六月二十四日）

そしてこの句を以下のように改案したい旨を告げるのだ。俳句は創作だ。だがなんという俳諧師魂ではあるだろう。

清滝や波に散り込む青松葉　**芭蕉**（仝）

「大井川」から「清滝」へ。「浪に塵なし」から「波に散り込む」へ。いわずもがなこの改案は死の淵を幻視してのことだろう。いましもいま渦中に「青松葉」は錐揉みきえてゆく。

十日、晩方から様態急変。兄半左衛門へ自らの手で遺書を認める。支考が門人たちへの遺書を代筆。この日、其角は、旅中でたまたま大坂にあって、師の重患を知り急ぎ駆け付ける。だがしかしいちばん会いたいと念じつづけていた、路通はというと今頃、どこらをほっつき歩いているのか知れないままだ。

――路通、なぜどうしていま、ここにいないのか、路通……。

芭蕉は、ときいよいよ「遺言（ユイゲン）の次に、余命（ヨメイ）たのみなし」とおぼえた。そして枕許に畏まる門下に目をやり、息も絶え絶えに言い置く。

なからん後路通が怠（ヨコタ）り努（ユメ）〳〵うらみなし。かならずしたしみ給へ　（『行状記』）

これが師の弟子たちへの最後の願いである。それほどまで路通のことを心配していたのである。路通は、のちにこの遺言をきいて、いかほど号泣したことか。

——御師、なんともったいない思し召しでございましょう……。

でそのさいごであるが、いかがなけしきだったか。ここでまた『小説』をひらこう。芭蕉は、臨終の夢の中でつぎのように、枯れ野を彷徨いつづけている。

「芭蕉の心は実に晴々と軽かった。……。ただ、充ち足りた軽さで淋しい枯野を歩いていた。何という喜悦にあふれた淋しさであろうか。

しかし、芭蕉は何となくまだ気がかりな一抹のものが、遠い彼方に忘れものをして来たように、心のどこかに漂っている思いがしていた。

そう思ったとき、薄明の地平からこちらに向かって近づいてくる一つの人影を見た。それは路通であった。よれよれの法衣をまとい、寒そうに草鞋の素足で、とぼとぼと近づいてくる路通であった。

『路通よ』

『ああ、おん師！』

と、伏し加減に歩いてきた路通は、おどろいて立ちどまり、怯えて一歩あとじさった。

『どこへ行くのじゃ』

『当てどもございません。いねいね、と追われ出てから、この野面で人に遇ったためしもございません。おん師はどちらへ』

『西じゃ。西の方じゃ』

『お伴させて下さりませ』

『それは出来ぬ。急がねばならぬ。——だが、わしは永劫にお前を捨てまいぞ！』

『おん師！　おん別れの俳諧を』

『俳諧のことは、もう終わった。大事はその心じゃ。軽々と清々しい心じゃ』

『さらば、おん師！』

『いね！　そして歩め。どこまでも、一人で歩め』」

十二日申の刻（午後四時頃）、芭蕉は、息を引き取った。享年、五十一。

当夜、遺骸は淀の船着き場から高瀬舟に載せられ伏見のほうへ水路を曲げた。十三日、そこから陸路で近江義仲寺に運ばれる。翌十四日、「骸（から）は木曾塚に送るべし」との遺志により木曾義仲の墓の隣に葬られる。焼香に駆け付けた門人は八十名、会葬者は三百名近かった。

十八日、初七日、追善の百韻満座興業が同寺で行われる。上方を中心に参集する者四十三名。

なきがらを笠に隠すや枯尾花　　其角

芭蕉の長年の心友、蕉門の最古参、其角のこの吟が発句であった。丈草、去来、木節（ぼくせつ）、などが連なった。しかしながらあるべき路通の名前はそこにみえないのだ。

●寒き頭陀袋

十月中旬、路通は、旅先で師の訃報に接し、急遽京に戻る。そしてやっと「いまさらのくやしさのみぞ、せんかたなき。やつがれはせめて十七日の法事にぞ参あひぬ」(『行状記』)というしだい。ひたすら深く墓前に額づくのだ。

ここでまたもや『小説』を引用することにしよう。じつはここに引く一節をもってこの作品は終わっている。

「その夜は細く鋭い月が、寺の門前から松並木を通して眺められる暗い湖上に凜と反って傾いていた。身を切るような寒風は澄んでいる。遠い比良の連山にはもう雪がきていた。夜目にもそれが左手の水平線に仄白かった。

乞食坊主の風態をした一人の痩せた旅人が、暗い芭蕉塚の前にとりすがって、おいおい泣くように懸命に陀羅尼経を唱えている。その声は湖上の細月を横ぎる雁の声よりも悲痛であった。

それは、今になって、風のように立ちもどって来た孤独な路通であった」

「それは、今になって、……」。というこの怨嗟はどうだ。

十七日忌、路通は、「新(アタラ)しき塚の前、樒(シキミ)の花筒(ハナヅヽ)ものあはれに、声(コヱ)もふるひながら、陀羅尼(ダラニ)など唱へ、涙押へて」(『行状記』)ひたに師を悼むのだ。陀羅尼経とは、梵語 dhāranī の音写で、梵文を翻訳しないままで読誦する呪言。それをひたすら唱え捧げたつぎの悲痛きわまりない悼む句をみられよ。

ひからかす袖(そで)や小春の死出山(しでのやま)　（『行状記』以下同）

——御師、いましも「死出山」を辿ってゆく御姿、ひめやかに光に照るその袖に縋り付いてでも、いますこしこの地に留められないかと……。

以下、路通は、翁各七日忌に追善句を手向ける。それを順にみる。

翁二七日　十月廿五日会

木が(濁ママ)らしや通して拾ふ塚(つか)の塵(ちり)

——御師、木枯らしが吹き募ります、どうでしょう寒くはござらぬか、いまこうして涙をこらえ塚の塵を掃かせて貰っております……。

三七日　開(クノ)二翁自画之像(ヲ)一乙州宅

ころびてもすごく見ゆるか雪の像

——御師、いつか乙州亭で「誠の後の形見とて自画の像を出したまはりぬ」一幅ですが、まったくもってその形相は「ころびてもすごく」の気迫にみちておられました……。

四七日　翁頭陀笠杖寄進二義仲寺一各題二三物一有レ句

生涯はこれかや寒き頭陀袋

——御師、「生涯」にわたり俳諧行脚された御師、ありがたくも形見として賜った綻びの目立つ「頭陀袋」をいま掌にしております。不徳のやつがれながら今後ともご遺徳をついでまいる所存であります……。

五七日　追善五十韻の付句

しからるゝ師匠もたねば便なく

——御師、これをもって愚かなやつがれを叱っていただけない、とはほんとうに頼りないかぎり寂しいばかりですよ。このちどう生きていけば良いものやらわからなく……。

六七日　路通亭一座興業

艸も木も雪をもてなす仏かな

——御師、ちらほらと雪の粉が舞っております。そこらあたりいったい塚の周りの草も木も雪を寿いでいるようです。どうかやすらかに静かに眠ってくだされまし……。

尽七日　反古ざらへ
枯萩(かれはぎ)は陸奥紙〈ミチノク〉につゝみけり

――御師、七日忌も最終の尽七日です。きょうこのときまで偲ぶ句を多く草してまいりました。そこでその反古を師の塚の枯萩とともに陸奥紙に包み大切に懐中にしまい、これからのち作句の一層の芽出しを目指していくことに……。

「陸奥紙」は、句稿を記す檀紙、古くは多く陸奥の地に産した。「枯萩」は、根元から刈り取って翌春の芽出しに備える作業。さらにまた「陸奥紙」は陸奥に掛けて翁の最後の旅『奥の細道』への賛仰の念の率直な現れとみられよ。

どうだろう。これらからは師にひれ伏す弟子の一途な姿をよく見てとれよう。師の恩は大きすぎる。胸に穴が開いたまま。いったいどう報いたらいいか。路通は、この年の暮れ、三井寺に籠り、『行状記』に打ち込む。

㈥ぼのくぼに

●**『芭蕉翁行状記』**

元禄八年（一六九五）。四十七歳。

仰ぐ大いなる陽が墜ちた。もはや師は生きてない。いいようのない深い喪失感に襲われるばかりだ。ほんと翁は逝ったのだ。

正月二十三日、百ヶ日、翁出苦忌。義仲寺にて開かれた追悼歌仙に連なる。この折に師を偲ぶ吟に詠む。

思ひ出しく〵蕗のにがみかな　（木がらし）

翁を悩ましつづけ、風雅の道も半端でしかない不肖の弟子はただもう、塚に額ずくのである。――御師、百ヶ日、出苦忌です。いまさらながら思い出されること、すべて、ことごとく苦（にが）く悔いるばかりであり……。

さらに別の百ヶ日の句にある。つぎは大垣正覚寺に翁墳に参った際の追善句である。

みのゝ国杭瀬のあたりは、芭蕉翁行脚のはじめより逍遥の地にして、門人其俤をおぼえひかりを残して、これを験にあら垣をむすび、石の牌をすえたり。必斧を入て方円をかたどらず、をのが野面のまゝなるに、金泥けづりなす「芭蕉」の文字のあだならぬ、いとたふとし

かげろふや石の野面に文字の箔 (後の旅)

——御師、野面の石に金泥の芭蕉の「文字の箔」を刻んだ。それだけの碑なのですがよく翁の遺徳を偲ばせてなんとも尊くあります……。

これは大垣蕉門の木谷木因や如行らが建てた「芭蕉翁追悼碑」であるが、じつはその銘は路通の筆になるものだ。それをこのように素知らぬふりで詠むのもまた路通らしくあるだろう。ところでこの句をめぐって。元禄八年十月付、如行宛、其角書簡にある。

路通なども能御加入候。是彼ニ付翁之余潤之光沢ニ候へば、此坊仮念の罪をやめ候て、もとの衣ニ帰候半こそ、道の済度と存候まゝ、其元へ心寄候て、漸々ニ私眉致候て、落にきの名も人ハ語るまじくと、珍重ニ被レ存候。

これは如行編の撰集『後の旅』にあえて風評宜しからぬ路通の「かげろふや」の前掲句を入集してくれた、そのことを其角が本人になりかわって謝する文面である。其角は、ついてはこれによって「落にき」とまで囁かれる汚名がきっと晴らされましょうと、わがことのように喜んでいるのだ。しかしここにある「仮(けん)〔懸〕念の罪」とは何事をいうのであろう。だがしかし、おそらくなんというか路通らしくある宜しからざる品行があったのだろうが、わからない。

それはさて、捨てる神あれば、拾う神もあり、のことわり。そのとおりじつに、ほんとうに其角が路通を大切にしている、ようすがわかろう。師翁を失ったいま、いかほど、其角が力になることか。というところで立ち止まって振り返ってみてみる。

芭蕉、享年五十一。路通は、ときに四十六歳である。ひるがえってみれば師弟関係は、その間に数度の危機的な中断を含むも、十年余りつづいたのである。はたして長いのか、はたまた短いのか。

芭蕉と、路通と。たとえれば両人は一枚の硬貨の裏表なのである。ほかでもない、路通は、芭蕉が生き得なかった風狂を生き貫かんとした、だからである。

しかし表なければ、むろん裏またなし。芭蕉あってこその、路通であったのだ。いったいぜんたいこの後どのように生きてゆけばいいのか。ただもうただうろうろとうろつき回りつづけるぐらいしかないのか。

●平生則辞世

するとこの秋の初め頃なのだろう。路通は、なんとまたふたたび北陸道行脚をしているのである。でつぎの句は三井寺出立の際のだろう。

卒尓なる雲も出けり秋の旅　（浪花上人日記）

「卒尓なる雲」とは、にわか雲。句は、予期しない雲に誘われての旅立ちなるか、の謂。まことに糸の切れた凧ごときだ。だがわたしは思うのである。

それはやはりどこかで翁を偲ぶ心を抱いた旅だったのではないか。そのさき『奥の細道』の終わり、翁を敦賀に迎えた、あの路通を思い出されたい。

ときに能登で当地の門人らと連なった句筵の発句にある。亡き師を思うにつけ、己を恥じ入るばかりだ。

蓮の実や抄て腐レて秋の水　（珠洲之海）

蓮は、夏に水上に出た花茎の頂に大きい紅色ないし白色の花をつける。花後、花托が肥大して蜂の巣状となり、上面の穴に一個ずつ種子を入れる。路通は、いっているようだ。

――御師、やつがれはまるで蓮の実が「抄て腐レ」たるようなぐあい、であってそれもなんとも抜け殻の花托が水に浮くごときさまといいますか……。

なんぞと気が抜けたようで、ちょっと捨て鉢なあんばい。なんとなしこの句もどこか自画像めいて浮かんでこないか。

しかしまたこの頃とおぼしい、つぎのような句がみえるのだ。

しやんとして千種(ちぐさ)の中や我もこう(か)　（翁草）

「我もこう」は、吾亦紅。句は、秋のおびただしい草群の中でひとり「しやんと」細い身を立てている「我もこう」よ、我もまた汝のごとくを心したし、の謂。そんなぐあいに気を腐らせるかと取り直ししながら旅の空はつづいている。

十月下旬、はやもう師の一周忌ともなる。路通は、このとき北陸道から戻り伊賀の故郷塚（現、伊賀市上野農人町愛染院）に額ずくのだ。ところでこの年の一番大事な仕事は『芭蕉翁行状記』上板に尽きるだろう。

これはどんな一集であるのか。内容は、師の一代記の体裁を取った師弟の交渉史と、最後の旅の模様、終焉前後、遺語などを記し、追善の連句や発句、および各地からの追悼句をくわえ収載する。さきに路通の十七日以降七十七日までの追善句はみた。ここでは一代記から路通らしい特色のある箇所をみよう。

それはそう、辞世についておよぶ記述、なのである。芭蕉は、辞世句を一切遺さなかった。いったいいかなる意思があってのことか。路通は、そこにこそ翁の風雅の究極の姿をみるのだ。

又いにしへより辞世(ジセイ)を残す事は、誰〳〵も有事なれば、翁にも残し給べけれど、平生則辞世(ヘイゼイスナハチジセイ)なり、何事ぞ此節(セツ)にあらんやとて、臨終(リンジウ)の折一句なし。兼好法師もかゝる事侍りしとかや。

路通は、そのように断ったうえ、兼好の歌「ありとだに人に知られぬ身のほどやみそかに近き有明の月」(『兼好法師集』)を念頭にして詠んだ、つぎの芭蕉の「去年の歳暮」の句を挙げていう。

月代(シロ)や三十日に近き餅の音　　**芭蕉**（真蹟自画賛）

月は晦日の月の出頃、それと餅を搗く音が届いている。こうして年も暮れていく。そのはてにいつか齢の終わりを静かに迎えていようか。「ことしかぎりなるべき教(オシエ)なるべし」。というこの句の示すところこそ翁の心ではないか。芭蕉は、そのとおり心したように明くる年の餅搗きの音を聞くことなく逝ったのだ。これが師の覚悟であり、そして弟子の倣いだと。

「平生則辞世」。路通は、かくしてこの語を信条(クレド)に生きようという。

●**『桃舐集』**

元禄九年（一六九六）。四十八歳。

おそらくこの正月の吟であるか、つぎのような滑稽な句がみえる。

兄達は皆れき〳〵や若ゑびす　（翁草）

若夷は、夷様の絵を描いた紙札。正月元朝、上方では夷札売りが町々を回って売り歩く。こいつを町衆らが競って求め新しい年の福を呼び込もうと門口に張る風習があった。ところであきらかにこの句は翁のつぎの吟を踏まえてのものであろう。

年は人にとらせていつも若夷　**芭蕉**（千宜理記）

寛文六年（一六六六）。芭蕉、二十三歳の作。夷様の御札の顔色は若々しい。あまりに札が売れすぎて、とるべき歳をとっている暇がないのでは、の謂。この滑稽を強調した若書き。それに呼応した傑作（?）なるか。路通は、このときいまは亡き師に笑いかけるのだ。

――御師、門人のみなさんそれぞれ、立派になっておられます。そんななかでわれひとり「若ゑびす」のままでありますが……。

なんて、なかなかの挨拶句ではないか、これは。というところでやはりこの年頃から急に資料が少なくなってしまうのである。ここで挙がるのは、まずこの「兄達は……」の歳旦句とそして、つぎの件につきる（これとてもまた師をめぐる記述があって伝わったのだろう）。

それはこの秋頃に路通撰『桃舐集』が上板されたことだ。当撰集の発起者は肥後熊本の蕉門俳人大久保長水（大久保八左衛門宗雅）。これをみるにつけ路通の九州ネットワークの下地が機能しているのがわかる。内容は、一座の歌仙三巻、半歌仙一巻、未了の連句（八句）一巻、ほか九州俳人の句を含む発句一一六（自句六）を収録する小冊子だ。これがまた翁を偲ぶ集なのである。路通は、「序」に綴る。

> 集をもゝねぶりとなづくる事は、九千歳をたもちしその〔園〕ゝ桃、もろ〳〵の仙人望（み）て舐れども、東方朔が齢にひとしきをきかず。爰に俳仙桃青翁、又一顆の桃を得て生涯の賞翫とす。其あまりを舐る類ひあまたなれど、信の味をしるものなし。……、皆古き翁の俤をしたふなれば、舌に馴、心に染て感動する事有、かれ是思ひあはせて桃舐といはんもむべなり。
>
> 路通漫綴書

桃は仙木・仙果。『西遊記』では、天界の桃園の一番の桃は、九千年に一度、実をつけそれを食べると、未来永劫に生き続けられるとされる。「東方朔」は、中国、前漢の伝説的文人。西王母の植えた桃の実を盗んで食べ、仙人になって八千年の長寿を得たという。「俳仙桃青翁」は、すなわち、俳聖芭蕉師、いまこそその徳を偲び、徹頭徹尾、「信の味を」しるべく、桃をしゃぶりに舐りつくそう、の謂。

ついてはその句の一つ、二つをみてみよう。

つつくりとものいはぬ日も桜花

（前書略）

望月(もちづき)や盆草臥(ぼんくたびれ)（濁ママ）で人は寝る

歳暮

晦日(つごもり)やはや来年(くる)に気がうつる

一句目、「つつくり」は、つくねん。句は、つくねんと話す誰も何もなく桜の花に頷くばかりよ、の謂。

二句目、盆の十五夜、浮かれ歩き、疲れ果てて、夜は更け、人は眠るよ、の謂。

両句とも、なんとなし茫然自失の感、疲労困憊の思いがつよい。あるいはここには翁を亡くした路通のうつろな胸の内がのぞいているか。

三句目、さきに翁の歳暮句に「平生則辞世」の覚悟をみた。それがどうだろう。ちょいとばかし気ぜわしすぎるか。だがしかしこれが路通らしくあるのだろう。

ところでこの集には「名所雑」と題して、つぎの初見の芭蕉の一句が収まる。

朝夜さを誰がまつしまぞ片心　　芭蕉

この句の後書に路通が記す。「翁執心のあまり常に申されし、名所のみ雑の句有たき事也。十七字のうちに季を入、歌枕を用ていさゝか心ざしをのべがたしと、鼻紙のはしにかゝれし句を、むなしくすてがたくこゝにとゞむなるべし」

「雑の句」は、無季の発句・付句。芭蕉は、元禄元年頃、『奥の細道』への夢熱くして、「十七字」に、「季」と「歌枕」と入れて、「心ざし」を述べる、という難題を課すこと掲句にみる苦肉の作をなす。「誰がまつしま」は、掛詞。句意は、朝な夕な旅で訪ねる松島の景が想われてならない、そこにひっそりと誰か恋する人が待ってでもいるように、の謂。それにつけ「鼻紙のはしにかゝれし句」であるのに。それをこのような形で世間に晒してくれようとは。きっとそんなふうに泉下の翁は笑いなかば苦虫を噛み潰していたことだろう。

――油断ならぬやつだわい、路通ときたらまったく……。

●深刻者

ところでいま筆者が手にしている『桃舐集』なのであるが、これがさきの『勧進牒』とおなじ復刻版なのである。ついてはやはりその編纂者勝峰晋風の解題をみることにする。こんな一節がある。まえにも強調したが、ここには十五年間の新聞記者生活ののちに俳諧研究に専念した、こけの一念がある。これぞまさに筆者がここまで辿ってきた路通なりといおう。

「乞食路通として甚だしく人に貶せられるが、芭蕉がその心生活のどこかを蝕まれて居たであらう漂泊的精神を徹底的に生活したのは路通である。芭蕉の旅には必らず落ち着く目的地があつたので、行方知られぬ漂泊者の生活とはいひ難い。惟然坊の如きは単なる放浪者に過ぎない。ジプシイのような漂泊生活の体験者は蕉門中路通一人あるのみである。路通の『いねくと人にいはれつ年の暮』は決して芭蕉の『住みつかぬ旅の心や置炬燵』のゆとりある句と同視されない深刻者を持つてゐる」

芭蕉と、路通と。表と、裏と。光と、影と。「いねくと」と、「住みつかぬ」と。そのちがいから師弟の漂泊のありようにおよぶ。これはまたなんと的確でないだろうか。よく領ける。ほんとうまったく喝采したいくらいだ。わたしはそのさき前章でこうも言葉をつよくしている。「世間のことどもをついに捨てるもならなかった芭蕉。風狂になれなかった芭蕉」。それどころかそんな「志願の乞食」もおぼつかなかった、と。ついてはここで芭蕉の旅を約言するとどうだろう。そこにはいつも必ず、随行あり、路銀、送迎あり、の旅というのである。なんというかちょっと漂泊という言葉さえためらわれるような。

というところで、ここに挙がる「惟然坊」もまた路通に近い俳諧師とみる向きもある、がどんなものか。

広瀬惟然(いぜん)、美濃国関(現、岐阜県関市)に酒造業の三男に生まれる。貞享三年、三十九歳、出家。『笈の小文』の旅を終え、岐阜に逗留した芭蕉と出会い門下となる。元禄十五年頃から芭蕉の発句を和讃に仕立てた「風羅念仏(ふら)」を唱えて追善行脚する。ところでわたしは惟然の口語調俳句の突破的実践に万歳するものである。

水鳥や向ふの岸へつうゐつうい

水さつと鳥よふはふはふうはふは

ついでながらわが偏愛の思想家、辻潤も惟然のファンであった。「自分は風狂人の一種だ。俳人なら惟然坊のような人間だ。ただ俳句がつくれないばかりだ。嘘のような話だが殆どつくったことがない」（「風狂私語」[*2]）

だけどしかし勝峰氏はおっしゃる。惟然は「放浪者」にすぎなく、いっぽう、路通は「深刻者」なるという。すなわち志願してではなく余儀なくも「行方知られぬ漂泊者」たるは路通のほかには一人もないと。

「深刻者」、けだし至言である。なるほど、よく頷ける、なっとく。いまここでこの言葉をわたしなりに言い換えるとこうなる。「――路通、その実は捨て子なり」。なおこのことに関わってみれば前述した村岡空の「風狂列伝」はこの勝峰論を参考にしたと考えられもする。ついてはいま一人挙げてみたい。

俳諧史研究家、鈴木重雅。じつはこの学究氏がめずらしく僅かもいない路通命なのである。「（路通の句は）皆かれの体験より得られたる珠玉である。従つて、天真流露、その風趣すてがたく、脈々たる気韻を蔵して居る。一茶は、自ら信濃乞食統領などゝいつて居るけれども、併し、彼には、家もあり、人に貸せるだけの金もあり、妙（明）専寺（一茶の菩提寺）の富籤を買ふ丈の余裕もあり、決して、乞食を以て目せらるべきではない。畢竟は、口頭の空言である。独り、一茶のみならず、後の俳人、例へば、蓼太（りょうた）（姓、大島。嵐雪門下）などの如き口には、『わび』の生活をうたふも、その生活は、点料を貪り、豪富に阿り、酒肆淫房の佚楽に耽つて居るのである。……。路通に在つては、絶えて、この弊なく、性霊の流出、化して句となれる底のものであつて、惻惻、人を動かす所以は、実に、これに因るのである[*3]」

一茶は、「口頭の空言」？　蓼太は、埒外の偽物？　であるのだと、こんなふうにまでいわれると即座には合点しがたいところもあるが、どんなものか。しかしこの路通贔屓について、いや心底から、まったく絶対賛成なのである。わたしにはよくわかる、引き倒し、などではけっしてない。それはほんとに正しいのである。「性霊の流出、化して句となれる……」

というぐらいにして、さきにゆくことにする。さて、路通は、やってくる冬に大津は長等寺山麓の草庵に籠ることに。でここでじつに穏やかなつぎのような詠みをみせるのだ。

かくれ家や寝覚さらりと笹の霜　（鳥の道）
しぐれ気のなふて一日小春かな　（仝）

●ぼのくぼに

さきに『桃舐集』上板もみた。でもってさぞかし「寝覚」も爽やかなること、くわえるに、いやほんとうに「小春」も眩しかったことだろう。そこにこの頃に詠んだらしい、しばしば俎上にのぼる、なんとも疼く句があるのだ。

伏見の夜ぶねにねて

ぼのくぼに雁落かゝる霜夜かな　（仝）

句は、夜舟に眠り震えていると、まるでそんな己のぼんのくぼに落ちかかるように雁がおりきたった、冷え切った霜夜の寒さよ、の謂。ついては読みの巧者、安東次男の句解を引いておこう。「この『ぼのくぼに』は、後頭部というその語の意味によっては置き換えることのできない、いわばその重みを読者が作者と共に暈りながら受けとるしかない、そういう表現なのである。これを詠んだときの作者の額と後頭部とでは、知覚ははっきりと異なっていたであろう」[*4]

「額と後頭部とでは」というあたりは、ちょっとばかしトリビアルすぎにみえるが、俳諧的な機微をいっているのだろう。とはさてわたしはこの佳句を芭蕉の名吟への挨拶としてみることにしたい。

堅田にて

病雁の夜寒に落ちて旅寝哉　**芭蕉**（猿蓑）

「堅田」は、そのさき室町時代より近江八景の一つ「堅田の落雁（らくがん）」の名で有名な景勝の地。それを踏まえての吟。晩秋の一夜、病を得て臥せっていると北へ向かう雁の声が聞こえる。うちの一羽がどうやら群れから外れて湖へ落ちていく。きっと病を得た雁なろう、と。これに応えて弟子は詠むのだ。

——御師、いましも師の病雁ごときが、はたまた病雁の師ごときが、「ぼのくぼに落かゝる」夢に眠りを破られましたが……。

などなどとその句作はここらから路通らしくいよいよ自在になりつつある。だがしかしその人間にはどうしようもなく問題があるのである。なんともこの頃にこんな、「深刻者」らしい不品行があった、なんぞと伝わるのである。というところで立ち止まってみてみたい。

「—幕間—」で名前が出た芭蕉研究の第一人者、潁原退蔵。じつになんともこの碩学はというと、このように路通のことをいうのだ。

「例へば芭蕉の師としての温い遺言に感じて、自ら『翁行状記』を撰んだ翌年早くも北越あたりで、芭蕉の切字説は自分が加茂の今源(ママ)上人から和歌を学んで不思議の要書を得たのに基いて居るなどと言ひ、『此一巻者芭蕉在世之中、以㆓相談㆒撰置、為㆓一派之脉㆒者也』と奥書した一巻の伝書を弘めたりして居る如き所行は、決して師に忠実な態度とする事は出来ない。彼のかうした性格上の欠陥は、遂に済ふべかざるものであつたのであらう。芭蕉歿後は師の真蹟の偽作したとさへ伝へられて居るのである。その説の真偽は保し難いにしても、さうした噂話を生むだけの可能性は彼にあつたわけである[*5]」

ここに「芭蕉の切字説は」から「一巻の伝書を弘めたりして居る如き所行は」という。批判に肝心の「所行」の典拠は不明だ。だがわからなくも路通のことではある。なるほどじっさい、ここでいわれるような不品行もいくつかあったか、ないとはいえまい。でもまあそれぐらいのことは思慮のうちにとどめおいておく。またそのように含んで見るべきではないか。というところで断っておきたい。俳諧と、人間と。創作と、罪科と。それはまるで別のものである。

いわずもがな「性格上の欠陥」なるものをもって、これはほんと当たり前のことながら、まずぜったい作品上の欠陥とすべきではない。

このことに関わって唐突だが一例として挙げてみよう。第三章の引用中に言及されている二十世紀フランスの背徳作家ジャン・ジュネ。ついてはどんなものだろう。泥棒ジュネを投獄してもいいが、作家ジュネを焚書にしていいのか。そのようにいったらおかしいか。

いやちょっと例が飛びすぎだろうか。なんともこの一文の最後にいたって、つぎのように碩学は明言されている。

「芭蕉の歿後路通の歩みはむしろ停滞を始めた。……、多くは平板で殆ど努力のあとは認められない。芭蕉生前の作に比すれば、全く別人の手になる感がする。彼もまた善き指導者なしでは進むことの出来ない作家の一人であつた。たゞ乞食路通の漂浪生活が、彼の俳諧に特異な背景を形づくつて居る点で、人はなほ彼に対する何等かの興味を失ふことは出来ない」

なんぞとはやはりどうも、上から目線というか、余りに学匠らしすぎ、というものではないか。ほんとうまったく、このような決めつけ方はちょっと、ないのではないか。

どうだろうここまでみてきた、翁各七日忌追善句、『行状記』、『桃舐集』所収句、それらはそんなものなのか。にべもなく碩学がおっしゃる「平板で殆ど努力のあとは認められない」「全く別人の手になる感がする」そんなひどい代物なのだろうか。

くわえるに「善き指導者なしで」ともおっしゃる、それはすなわち、そんなまるで半人前の輩でしかないということか。さらにさらに「たゞ乞食路通の漂浪生活が……」とまでとは。わたしはここにきて唖然、茫然、絶句してしまうのである。

俳聖芭蕉絶対主義。これはどうしてか、そのような亡霊が俳諧史研究学界を席巻しているから、だからなのである。あるいはそんな昔日のキャピタリズムやらマルキシズムの亡霊のごとくにもと。むろんもちろん、このことは現在いまもなお、かわっていない。あるいはそんな未来にいたろうとも。

というところで、ふたたび前出の俳諧史研究家中村俊定の酷評をあえて、みることにする。いやまあひどいのである、これがもうとんでもなく。どうしてこんなふうに学究的、いや違った、教条的にいえるものなのだろう。ほんとうにただもう直立敬礼でもするしかない。

「路通は蕉門十哲のうちにもはいつてゐないし、蕪村の三十六俳僊にも描かれてゐない。芭蕉門人中異色ある作者でもなく、すぐれた作品が多いわけでもない。又人品がよかつたわけでもない。否、むしろ彼の場合は、人間としてあまりにも欠点がありすぎたがために、却て有名になつたといふかなしむべき存在であつたのである。

にもかゝはらずこゝに芭蕉門人中から特に彼を撰んだのは、彼を描くことによつて芭蕉を、人間芭蕉の一面をうかゞひ知ることが出来るからである[*6]」

いったいぜんたいこの学究はというと、そもそも俳諧なる文芸について、いかように理解しておられるのだろう。「蕉門十哲」でもなく、「三十六俳僊」でもない。なんていったいそんな位階、がりがりの知識の墓場（アカデミック）もよろしい、序列がなんだといいたいのか。

そうだろうだって、そうではないのか。ことにその作品優れなきこと「又人品が……」といわれる非人間にとっては。どうでもいいのだ、そんなことなんて。

でもって「人間として」の「欠点」で「有名になつた」というと。なんぞとはそんなお門違いとまでは、いわないが風聞だよりだけではないか。いやはやまったく出鱈目でもないが、まあほんとうに嬉しいほどにお違いさんなること、はっきりと理不尽というものだろう。

＊1「解題」勝峰晋風（『日本俳書大系　篇外』日本俳書大系刊行会　昭二）
＊2「風狂私語」辻潤（『辻潤選集』五月書房　昭五六）
＊3「路通の研究（四）」鈴木重雅（「国語と国文学」第六巻十二号　昭四・一二）
＊4『鑑賞歳時記』安東次男（前出）
＊5「蕉門の人々　路通」潁原退蔵（前出）
＊6「路通――常の人――」中村俊定（前出）

(七) 随意く

●あの雲が

なんとかここまで拙稿を書きついではきた。それがだけどいま読み返すとどうであろう。なんだかまだまだ不満な点がなくはない。どういったらいい、どこか路通その人の像が生き生きと際立たない、そのようなぐあい。みればみるほど、句に喩えればその立ち姿がどうにも、しゃんとしない。

それはどうして、こちらの非力はおいて、なぜそうなのか。このことに関わって二つあげよう。一つ、まずはその生身をめぐって。いったいどんな生活をしていたのか。それがどうにも乞食坊主という欄外人種のために十分理解がゆかないことだ。前述のそれと重複する部分があるが再度ふれたい。路通にかぎっては、ふつうには門付けをする、はたまた往来の者に喜捨を仰ぐ辻立ちをする、でわずかな飯代にあずかる、日暮らしだったろう。

そのほかには頼む人があって寺社への参詣・祈願くわえて修行・水垢離などを代理として参じ

行ったものやら。だとすると頻繁な方々への行脚の理由もわかるか。くわえてその行った先々でもって各地蕉門を集め俳諧興業をやって鳥目をいただく。それに葬儀や法事に際会すれば読経し幾許か懐中にする。

さらにまた『徒然草』を講じるかと、さきに引いた「三史文選を語る乞食」(中村俊定)の顔をみせる。それどころかなんと、数々の小悪の一つ、芭蕉の偽筆を捌く、なんてこともすると。どうにもこうにも世間さんにはその生身のありように理解がいかないのである。

一つ、つづきその出自をめぐって。するとやはり芭蕉に出会うまでの、すなわち出生事情不詳からなんと三十七年余りにわたる、ほとんど空白の月日なのである。このことでは毎度の繰り言にはなるが、そしてそれは埋め得ぬことだけど、どうしたって欠損の感は否めないのである。それこそまるでなんとなし、脚の無い人の話、をしているようなぐあいで。ところで出生の不詳なる点はというと、そのことをあえて仏教由来からおよぶならば、どこだか前世の不明さを偲ばせないか。

つげ義春の漫画「ゲンセンカン主人」。そこにこんな恐ろしいことを、おっしゃるお婆さんがいらした。

「だって前世がなかったら……私たちはまるで……**幽霊でありませんか**」

などとそんな折れそうになってても詮ないばかりだ。いや気を取り直そう。話をもとにもどして進めることにする。

さて、芭蕉との出会い以来このかた、歿後二年の元禄九年まで十年間余りを編年体で、路通の足跡を辿ってきた。それがだがこれ以後となるとどうにも、ほとんどまったく足取りがつかめない。さきにみたように『小説』も芭蕉の急逝でしまいとなった。そしてあらかたすべての学究の論文のたぐいもまたおなじだ。ここまではただもう芭蕉との繋がりをたよって、途切れ途切れ、ではあるがその背中を追ってこられたのである。

ぜんたい芭蕉文献はというと、みなさん俳聖芭蕉絶対主義であれば、それこそ汗牛充棟なのである。だけどこれをもって、すっかり路通ごとき欄外のことは手掛かりすら、なくなってしまうのだ。ジョジョに「年譜」もスカスカ。ここからはほんとうに僅かな匂いを嗅ぎ当てて飛び飛びに探ってゆくしかない。わからないところは、想像乃至妄想、をたくましくすることで。

路通は、それにしてもどうしているか。やはりいずこともなく、風の吹くまま足の向くまま、うろうろとしているやら。というところで、あらかじめ断っておくと、どんなものだろう。芭蕉が亡くなって、重石が取れたのか。路通は、まえにましてこののち自由奔放になったようなのだ。いやそうでなく、もっとそれこそ乞食本来の「不実軽薄」よろしくなった、というべきか。

元禄十年(一六九七)。四十九歳。

「年譜」によると、この年夏に北越方面を旅した。らしいが期間も行程もなにも、いっさい子細は不明なままだ。ほんとまったく俳聖さまという、糸が切れた凧、さながらの旅空であったからだ。路通は、これからもよほどこの地をお気に召しておいでだったろう。越中には浪化上人がいる。さらに金沢には加賀蕉門の中心人物、立花北枝(通称、研屋源四郎)がいる。『奥の細道』の途次、翁を金沢から越前丸岡まで随行した。生業は刀研ぎ師、無欲な性格で俳壇的な野心なし。自宅の全焼に際し「焼にけりされども花はちりすまし」と詠み、翁の称賛を得た。世俗を離れて風雅に遊ぶ御任だ。であれば心を許して付き合えたろう。この北枝に大沢路青（通称、六兵衛）なる門下がある。じつは路青の号が、なんと路通より授けられたものとか。いま一人、北枝門に和田希因（通称、綿屋彦右衛門）がいる。その句にある。

先師へ消息のはしに

節季候と見れば路通の布子哉　　希因

【節季候】「（『節季の候』の意）。歳末から新年にかけて、二〜三人一組となり赤絹で顔をおおい、特異な扮装をして『せきぞろござれや』とはやしながら歌い踊り、初春の祝言を述べて米銭を乞い歩いたもの。せっきぞろ」（広辞苑）。「布子」は、木綿の綿入れ。歳晩、先師（北枝）のところに節季候の者のような寒々とした綿入れ一枚で現れた風雅の友の乞食路通さんよ、の謂。この景から浮かぶ句がある。江戸詰の松山藩士、其角門下で芭蕉とも交遊のあった久松肅山（庄左衛門）だ。

寄二路通一

寝がへりや左右にあまらぬ衾哉　　肅山

「衾(ふすま)」は、布切れを縫い合わせた掛け布団。ここでは旅に携行する粗末な一枚の布だろうか。句は、まさに路通の哀しい寝姿を詠んで無類である。みるように遠辺の人はというとみんな素朴で優しいばかりだ。

だがしかし都は違うのである。ひどいのったらない、この年に上板の『韻塞(いんふたぎ)』(許六撰)中に、近江蕉門の僧侶、河野李由(りゆう)の句が載る、こんなふうなのである。

贈清貧僧

下帯のあたりに残る暑さ哉　李由

まずこの皮肉たっぷりな前書はどうだ。でなんとなし下品な匂いがする、これはどんな意味の句であるか。そのさきは第四章で述べたたぐいの、路通坊の悪所帰りの、そのさまを偲ばせ揶揄するものだろう。いまもなおその悪名は高く京都や湖南あたりでとどろく。おもしろおかしく、なんやほんまもう、いけずなかぎりに。ところでこんなたぐいの外道な句が伝わるとは、なんとも蕉門も成り下がったものではないか。

元禄十一年(一六九八)。五十歳。

路通は、この年夏頃から三河方面に遊んでいる。このとき三河蕉門の重鎮、太田白雪亭で旅中の広瀬惟然と会し、路通の立句で連句を巻いている。

白雨(ゆふだち)になりそこなひてあの雲が　（きれぐ）

焦熱の夏の午後、そこにやっと雲が湧きあがってきたのに降り出しもしないや、の謂。「あの雲が」、という詠みよう。これはまあ口語調をよくした惟然さんへの挨拶句なのだろう。それにつけても太り気味の路通には蒸し風呂の猛暑がこたえるのやら。やはりこの夏の句にみえる。

ふかぐと何に游がん此暑　（仝）
いらくと暑いに見やれ雲が出た　（仝）
蠅どもが慮外(りよぐわい)もしらで昼寝哉　（仝）

前二句、どうにもまったく三河の焦熱は路通にはたえられない。三句目、これがおかしい。こちとらあまりの猛暑にまったく眠られないのに蠅のやつらが気持よさげに昼寝をしていやがる、の謂。

やがてその暑い夏も終わり秋を迎えることに。ときはうつりかわるが路通はというと、そこいら三河あたりの誰彼のところを、うろうろと彷徨っていたようである。するうちにこの地で芭蕉追善に連なることになる。十月十二日、東海道の宿場は鳴海（現、名古屋市緑区鳴海町）の富豪、尾張蕉門、下里知足亭で、翁五年忌を迎え、追善句に詠む。

千鳥鳴爰やむかしの杖やすめ　（知足斎日々記）

これがじつはつぎの翁の句を踏まえてのものである。芭蕉は、『笈の小文』の旅の途次、ここ知足亭に休息して詠んだ。

星崎の闇を見よとや啼千鳥　　芭蕉

鳴海は千鳥の名所で歌枕の地だ。芭蕉は、この夜は月が無いのが残念だと恐縮する知足を慰めて詠んだ。星崎（現、名古屋市南区）は鳴海近くの海浜。しかしこの中七の「闇を見よとや」とは芭蕉らしくないか。路通は、そこで合掌、瞑目するのだ。

――御師、いつですか、昔に聞かれた闇夜の千鳥が鳴く声が、しています……。

弟子は、そのようにいまは亡き師の心の闇へ思いいたすのである。これをみるにつけ師を慕いやまぬつよい念が偲ばれてならない。

●**年寄だてら**

それでこれはこの冬のだろう、なんだかけったいな句がみえる。

初雪や年寄だてらおどけもの　（俳諧曾我）

この年、路通は、師の享年と並ぶ年齢だ。それを掛けての吟だろう。師翁は〈求道者〉であるが、ただいたずらに馬の齢をかさねるばかりの、自分は〈道化者〉なるかと。いやこの「年寄りだてら」の自嘲はどうだ。嗤いは低く切ない。かくしておかしい。

でそうであるかとまた、こんなふうに涙をはらはらと、こぼしてもいるのである。

草紙見て涙たらすや虎が雨　（仝）

「虎が雨」は、陰暦五月二十八日の雨。この日討たれた曾我の十郎を悼んで、愛妾、大儀の虎御前の悲涙が、雨となって降るとされる。そんな「草紙」を目にしておぼえず貰い泣きする。ここにはなんとも乙女チックな路通がおいでである。さらにこんな滑稽このうえない調子なのがみえる。

馬のよけ合

道せばし恋してくれな春の駒　（仝）

これは「馬のよけ合」にことよせて、あるいはそんな同門の誰彼に仲良くしようよ、なんて誘っていると読めないだろうか。だけど誰も聞く耳を持たない。

元禄十二年（一六九九）。五十一歳。

白雪亭で越年。正月、白雪一門らと句席に連なり、路通の立句で歌仙を巻く。

木も竹も寝入くさつた春の雨　（茶の草子）

元朝なのにそぼ降る冷たい長雨に濡れて「木も竹も」頭を垂れて寝入るばかりよ、の謂。「くさつた」の口語調のいかにもふて腐れたぐあいが路通風でおかしい。路通は、ここで白雪とともに一門の集『茶の草子』撰を助け、「元禄十二の春をむかへ心のつらゝ〔氷柱〕と〔溶〕けたましゐ〔魂〕の緒ゆるむままに草（拙い文）にまかせて序す」と序文を与え、発句十一、一座の歌仙三巻入集。地方に脚を伸ばせば、まだまだ、路通の名は通るのだ。まずこの集ではこんな句からみる。

是のみは俗もわびしや鯖の盆　（仝）

「鯖の盆」は、半夏生（陽暦で八月二日頃）の盆に「はげっしょ鯖」といって鯖を一本食べる風習のこと。わたしの故郷越前の生活習慣は三河文化圏の影響が一部濃厚であれば、それはもう夏の盆の特別な振る舞いであった。同郷の先輩にこんな涙物の回想がある。「福井県下の農家で暮していたわたしにとっては大の御馳走で、〈はげっしょ鯖〉のあることをもって、盆は正月よりも何よりも待ち遠しい季節であった」「正月でさえ満足に魚の顔が拝めなかった」のであればなお「尾頭つきで一本丸のままふるまわれる〈はげっしょ鯖〉は、涙が出る程ありがたい御馳走だった」[*1]と。いやなんとも「わびしや」のきわまり。こんなひどい夏にさて、どんな秋がつづくものか。

まねかるゝ覚えもなしや花すゝき　（仝）

「花すゝき」が人を、おいでおいでと招くようなようすといったら、こそばゆくもおかしきことよ、の謂。これはどうやら源親元（みなもとのちかもと）の「花薄まねかばここにとまりなむいづれの野辺もつひのすみかぞ」（詞花和歌集）、花薄が招くのならば、ここに泊まろう、いずれの野辺も終（つい）の栖（すみか）なれば。という歌をそれと踏まえての吟だろう。なんとなしどこだか元歌のちょっと大振りな調べに路通がぽかんと苦笑いしているふうか。つづいてくる冬の句はどうだろう。

あかがりよを（お）のれが口もむさぼるか　（仝）

「あかがり」は、あかぎれ。冬、雪国生まれの戦後的栄養失調児のわが幼少時、唇を痛く切れはらした。それこそまさにこの句の「をのれが口もむさぼる」ありさまだった。これぞ乞食路通、独壇場なりだ。

●なにとやら

いっぽうこんな句もみえるのである。なんやちょっと呆けたふうなぐあいの。

なにとやら
すいやうでむまいものほし花曇（はなぐもり） （仝）

句は、春、ぼんやりと花がかすみ煙るような空をみていると、寿司でもないし、団子ともちがう、なんとなし酢っぱいようで旨（甘）いものを欲しくなるよ、の謂。というところで立ち止まることにする。

「平板で殆ど努力……」「全く別人の手……」。なんぞとさきにみた碩学の翁歿後の路通評は見事にさんざんであった。おそらくそれはこの句やさきに引いた「初雪や年寄だてら……」「草紙見て涙たらすや……」「道せばし恋してくれな……」などを含んでの断であるのだろう。たしかにこれらは、ぱっと見にはいうならば当たり前の景を詠んでよしの〈ただごと句〉のたぐい、ぐらいにとられよう。

だがしかしどんなものか。ここでちょっと思いを飛ばしてみたい。それはこういうことだ。

この年、師の享年に並ぶ。となるとやはりわが俳諧の行く末を意識せざるをえなくなる。路通は、ここにいたって向後の句について、いかにあるべきか、いろいろと試行を深めてきたはずだ。

いわずもがな師が最後に到達した風雅の誠は〈軽み〉の境地とされている。芭蕉は、これについて明確な定義を残してはいない。ただもうわずかに短く「高く心を悟りて俗に帰す」(『三冊子』)と伝わるぐらいである。であればわたしのような初学にはもとより、たとえまた学究であっても、よくくだいて説明できないところである。そこでこちらの勝手な妄言を披瀝することにしたい。芭蕉の〈軽み〉、あえてそれに倣うことにして、路通の〈緩み〉。というようにこれ以降に多くみられる句を名付けてみたいのだ。もちろんのこと〈緩み〉とはそう、いわずもがな弛みではない。くわえていま一つそれに繋げていいたい。〈緩み〉はというと、ちょっとうまくは説明できないのだが、ただたんに句作上にとどまらず内面的におよんで、あるいはどこかで通底するのではないか、〈赦し〉なるものに。むろんその思いはというと、これはまたその生のはじめからの、いわくありの身であったという、そのことから湧いてくるのだろう。このことに関わってこの頃に成るこんな句をみよう。

女のもてる扇に
むまれつきの露とみるべし萩の枝　(草庵集)

あるいは苦界に沈んだ「女」の扇に認めた吟詠だろうか。嘆くでないこれもなにも生まれつきのことよ、の謂。ついでながら露の繋がりで芭蕉のつぎの句をみられたし。

白露をこぼさぬ萩のうねり哉　芭蕉（真蹟自画賛）

風に萩がうねるものの、あやうくも、露は落ちずにいるよ、の謂。おそろしく師の句はつよい。くらべて弟子はどうか。これはあきらかに諦め含みの〈赦し〉の句とみえないだろうか。というところで路通のそこいらの一面についてみたい。どんなものだろう。そこにはじつに心優しさというか思慮があふれている。

国府（現、豊川市国府町）の豪商白井梅可。きくとこの者が父母を昨年春秋と相継ぎ亡くしている。路通がこれに同情すること、二月春の彼岸に梅可と共撰追悼集『彼岸の月』を、上板せんとの機運ともなる。このときの路通の追悼句文が涙物なのである。

目を横に鼻をなをく育てなして、世を錺らせ、心を穏やかになど、人の父母ならで、たれかおもはんや、……

「世を錺らせ」は、生を寿ぎ、ぐらいに解せようか。これが書き出しで、以下、梅可を見舞って慰め、両親の思い出を聞き、その考に感じ入り、冥福を祈った。としてその願いが叶うようにとつぎの句を手向けることに。

さればその彼岸の月の願当　（彼岸の月）

親を知らない身の上なだけに、それこそよけいに、親を亡くした人の心がわかる。しみじみと胸にしみいる。いやなんとも路通らしい委曲を尽くした追悼吟ではないか。これぞまさに〈赦し〉に繋がる〈緩み〉の句なりであろう。なお『彼岸の月』文中に自らの身の上を語る一節がみえる。「狐と野中をかけり、鳥と木の葉にふして、なさけなき玉しゐ〔魂〕にもこたへぬるは……」と。おそらくこれは文飾などでなく、つねにする現実であったのだろう。

●けはしや山桜

元禄十二年。くわえてもう一つのことがある。夏、前述の奥州磐城は殿様俳人、内藤露沾の許に赴き、以後十四年まで当地に滞在する。

それにしてもお殿様の許とはいえ三年近くにわたり居候を決めこもうとは！　なんでそんなことが易々とでもなかろうが可能となっているのだろう。路通、そこにはやはりこんな長年つみかさねた処世があるのではないか。

一つ、芭蕉。子飼いのというか、あるいは寵愛のだろう、弟子だったことだ。これはまあ印籠的ブランドであって、ほんとうに使い勝手が好かったろう。

一つ、僧形。それもまた「道の風雅の乞食」だったこと。あれこれ諸般の知識もあれば、経も読め、なにかと有難い存在だったのだろう。

こうなるともう乞食路通、なんとも哀しいよな、面目躍如というほかないか。それはさて露沾邸では上機嫌だったろう。この頃の作にある。

陽炎の麦引き延す小昼かな　（車路）

賑にちまきとくなり座敷中　（旅袋）

一句目。午に近いうららかに晴れた春の野、青々とした麦畑。句は、陽炎がゆらゆらと立ち上って、そのゆらめきのせいで、麦の穂が引き伸ばされて見えるよ、の謂。なんともおだやかで豊かな景ではないだろうか。

二句目。端午の節句。いまふうにいえば、ハイ・ポーズ、みんなで粽の笹の葉を解いて戴きますよ、ハイ・チーズ、なんてひとこま。まさに〈緩み〉ひいては〈赦し〉の句なるか。それはだっておそらくこれまで、まず路通は一度たりともこのような「座敷」に際会した、ことがありそうにないだからだ。

これらをみるにつけ露沾公のところはよほど居心地がよかったのだろう。ここにはもとより童心など持ち合わせていないが、まるですっかり童児に帰った路通がいるかのようだ。ついでながら露沾にこんな句があるので紹介しておきたい。あるいはこの「乞食」とは路通なのだろうか。そうだとすると、なんだかおかしい。

茶の花や乞食も覗く寺の門　**露沾**（露沾俳諧集）

元禄十四年(一七〇一)。五十三歳。

春、磐城を去る。ここはちょっとばかし居候にしては長居しすぎと自省してのことであるのか。ではなくてまた不品行なことがあってか。はたしてどちらかだろうが、どこをどうほっつき歩いていたものなのか、まるでわからないのである。ところでこの頃にこんな艶っぽい句がみえるのだ。じつになんともこれが「僧 路通」の名で収載されているというのである。

只居(ただをり)て髪をあつがる遊女(いうじよ)なり　(蝶すがた)

これはふつうには登楼の一齣ととられよう。でここでも「あつがる」なのである。おそらくこの句は裏に「吾妹子が汗にそぼつる寝たわ髪夏の昼まはうとしとや見る」(曾禰好忠(そねのよしただ))の歌を踏まえていよう。「そぼつ」は、濡れる。「寝たわ髪」は、寝乱れ髪。いわずもがな、真夏も真昼の情事、のあとなりだ。ところでわたしには、なぜかこの「遊女」の姿がそんな、回り舞台のまわる一瞬みると「陰間」の帯もぞろりと、はだけた路通に重なるように、みえてならないのだ。そう、あのカメレオンマン・ゼリグが相撲取りになりすますごとくに。

元禄十五年(一七〇二)。五十四歳。

二月、西山宗因の門下、轍士(てつし)(姓は宝賀、または高島)が、京・大坂・江戸の点者を遊女に見立て、廓語で品評した評判記『花見車』を上板。路通は、このように戯画化されている。

「松尾屋にても二三番ぎりの太夫なれども、うき名にたつ事ありて、あちこちといたされしが、いまは心もなおりまして、なこそといふ人もなし」

蕉門でも其角につぐような声名の路通。茶入れ紛失事件ほかで悪評紛々なるも、翁の臨終に際して温い遺言を給わり、さすがにいまは「いねいね」と毛嫌いする者もないという。しかしながらみてきたように門人らのありようは、なおいっそう陰湿きわまりなくなってゆくのだ。でこの頃につぎのような吟がある。


ひら地にはなくてけはしや山桜　（千網集）

句は、花見の名所の爛漫たる桜などではなく、都の塵から遠く離れて、山深くに凜と咲く山桜のごとくあれよ、の謂。それはそうだが市中にあらねば、どうしても糊口にありつけない。というのでこの句に添えた前書の五言律詩（略）の後聯が笑え泣けてくるのである。

「聡明好短命（そうめいはよくたんめい）　痴骸却長年（ちがいかへってちやうねん）」

おそらくこれは正直なる自嘲なのだろう。あるいはまた裏返しの自若でもあるか。だけど、なんだか身にしみて頷かされる聯でないか、これは。


元禄十六年（一七〇三）。五十五歳。

これもどこかの旅の途次の作なのであろう。この年にこんな句がみえる。

ひら〳〵とひつぢ穂うごく寒さかな　（裳能伊遍波）

のがれても垣根の茄子唐がらし　（当座払）

一句目、「ひつぢ〈穭〉穂」は、刈り取った後に短く生える稲の穂。とぼとぼと歩くさきざき、まばらなそいつが風に「ひら〳〵」と吹かれている寒いばかりのさま、いやはや冷えるよな、の謂。髪の薄くなった捨て子、なんとなしこの景にその姿がダブろうか。

二句目、いくらこの世のしきたりから「のがれ」んとせんも詮ないことに、われは「垣根の茄子唐がらし」なるか、の謂。これも諦め含みの〈赦し〉だろう。

●随意〳〵

宝永元年（一七〇四）。五十六歳。

秋、西上して京都へ。京はなんとなし、好きになれない。それはだけど都に帰りつき、ほっと息を吐いたのだろう。つぎのような句を詠んでいるのだ。

はつ穐の比京にありて

白壁の日はうはつらに秋よさて　（土大根）

秋の日の入相きいて寝ようまで　（枕屏風）

一句目、「勧進」と肩書して。久々の京都の初秋、都らしい白壁の表の日ざしに、秋のけはいを感じるいっぽう、しのびよる寂寥をおぼえる、の謂。

二句目、「京　路通」と肩書して。秋の「入相（夕暮れ）」の鐘をきいた、だからもう寝るとするか、の謂。なんとも長閑なようす。またつぎは歳旦句なのだろう。

随意〳〵や竹の都のはつ雀　（一の木戸〔下〕）

「竹の都」は、斎宮（現、三重県多気郡明和町斎宮）のこと。おそらくこの正月は旧知の伊勢の園女亭か寺社小庵で越年したのだろう。「はつ雀」とは、元日の雀。日頃ききなれた囀りながらこの元朝、耳をすますとみんなそれぞれ自由勝手にチュッ、チュンと歌うようにしているよ、の謂。「随意〳〵」、気儘気随。これぞ路通の句作と生活の基調なろう。たしかに古都は昔懐かしい、だけど知り合いが多く何かと煩わしい、わけても蕉門の古狸ものらは。

路通は、おそらくこの頃は無性に京都や湖南が厭わしかったか。そんなところよりも僻陬の地である常陸や北陸や筑紫やらに心棒が傾いていたことだろう。やっぱりどうしても路通にかぎっては、行乞行脚、そんなぐあいの風情がよろしいようだ。どこがどこともなく、うろうろと「随意〳〵」うろつき、まわっているのが。

じつはこの頃の句に以下のような旅姿の景が詠まれている。朧月の晩にちらほらと降る雪をついて薦を被ってふらりと行く孤影。これぞどこかで理想的自画像であるのだろう。

月夜よし朧(おぼろ)は降(ふり)て春の雪　（一の木戸〈下〉）

宝永三年（一七〇六）。五十八歳。
九月、許六は、俳文集『本朝文選』を刊行。路通の「返点ノ文」を採録、その際、作家列伝の項に、路通のことを「其ノ性不実軽薄ニシテ而長ク違フ二師ノ命ニ一。飄泊ノ中著ス二俳諧偽書ヲ一」とまで記した。こりゃなんでもひどすぎる、人格中傷乃至否定、というものではなかろうか。ことにそんな「長ク違フ二師ノ命ニ一」なる誹謗文言はどうだろう。路通は、さすがにこれには憤慨して抗議しているのである。ついてはこの一件をめぐり支考の勧告があって一部訂正のうえ、「返点ノ文」を削り、それとはべつに『風俗文選』と改題して再板することになる。などというごたごたの沙汰や悶着がえんえんとつづく。というところであらためて感じさせられるのである。

翁が亡くなってしまった、ぽっかりと大きくあいた、穴は埋めようもないのだ。芭蕉は、あまりにも偉大すぎたのだ。ひるがえってみれば芭蕉あってこそ、はじめての蕉門であったのである。いまふうにいえば創業オーナーに先立たれて廃業整理にある先端ベンチャーなるか。そんなわけで芭蕉という箍(たが)が外れたあと、とりわけて関西の蕉門はというと、ほとんど門下はもう散り散りばらばらだ。いまやすべき何も見つからない。風雅の誠は、風前の灯だ。そのさきの蕉門らしさはもはやなく、ヘボ筋に入って、どんよりと空気はよどんだままである。

そこに格好の標的がある。みんなして路通をいじることだ。たとえばそこらの俳席のはてたあとに、路通を俎上に、あることないこと喋々しあったりする。いやほんとうに下らないのったら、どうしようもなく貧しすぎないか。

宝永四年（一七〇七）。五十九歳。

春、路通の九州人脈の一人、豊後日田の蕉門、坂本朱拙（しゅせつ）の上洛を迎え唱和する。その折の句に詠む。

鶯も鶯めくぞ藪の花　（既望）

「藪」は、弥生（陰暦三月）の異称。どんな鶯とて生まれつき美しく歌えない。みんな初音の頃は上手く鳴けない。それがだけどよく囀るうちに鶯らしく歌えるようになる。やつがれも頑張って句作に邁進したいもの、の謂。謙虚なものだ、立派ぶらない。するとこれに客はつぎのように応えるのである。

交りもさらに水菜の都哉　**朱拙**（かくれ里）

「水菜」とは、江戸でいう京菜のこと。句は、これからも長らく都の菜のごときサクサクとしたお付き合いを願いたいものよ、の謂。朱拙は、みるにつけあきらかに当地の蕉門の路通へのその感心しがたい態度を勘案し返答したものなのであろう。

——路通さんよ、まあわたしらはひとつ水のごとき爽やかさらりと清らかなる交りでまいりましょうよ……。

路通は、このように心の真っ直ぐな鄙の人には優しく接したのだろう。しかしながらぜったい口さがない京都や湖南のものどもは許したくなかったのだ。そんなわけでこの頃はむしろ大坂の蕉門外の面々らとよく交ったようである。たとえば談林派（西山宗因に始まる、字余り、奇抜な趣向、有名な井原西鶴の速吟、などで延宝年間〔一六七三－八一〕に隆盛した）の小西来山や上島鬼貫などなどと。路通は、もとより差別大嫌いであって、蕉門派、談林派、とかいう党派意識などはない。まったくありえようない。来山の「西山抄筆」、これにつぎのようにある。

「（路通は）風飄逸雅にして羅々居士（鬼貫）のもとにあり。その後久しく難波に住みて、予ともねも〔ん〕こ〔ご〕ろにする。与に居て蝸盧をもとめず、貧交水に似たり」

路通は、これをみると鬼貫のところを定宿としていて来山ともども親交していたようだ。「蝸盧」は、蝸牛の殻に喩えて、小さい家。狭く粗末な住居。そんなものさえ求めず貧しくも水のごとき清き交わりをされる、の謂。

宝永四年、じつはこの年にいま一つのことがある。陰暦二月三十日、其角、死去。享年四十七。いやこのときの路通の気落ちはいかばかりか。まことに「聡明好短命　痴骸却長年」なるかと。

そうしておそらく酒で逝ったのだろう、故人のこんな俳諧味あふれる快作、をおぼえなく舌に転がしたものやら。

けさたんとのめや菖(あやめ)の富田酒(とんたざけ)　**其角**（五元集）

五月五日、端午の節句。菖蒲の根や葉を刻んだ菖蒲酒を呑み、邪気を払う風習があった。「富田酒」は酒の銘柄。きょうは節句だから朝から菖蒲酒をご機嫌に干すとすべ、の謂。ちょっと声に出して逆さに読まれたし。なんとこれが回文（回俳）になっている。いやさすが、ほんと其角、天晴れなる、なりである。

●鬼貫

路通、其角を亡くしてなおさら、蕉門と縁なきようになったか。いっそう繁く大坂勢と交わるのだ。ここでなかでも風交をかさねた鬼貫についてふれよう。

上島鬼貫、万治四・寛文元（一六六一）年、摂津国河辺郡伊丹郷（現、兵庫県伊丹市）でも有数の酒造業者の三男に生まれる。路通とひとまわり年下。幼時より俳諧に馴染む。十三歳で松江維舟(いしゅう)に師事。その後、西山宗因の談林派に傾倒。のちに伊丹風と呼ばれる新風を起こし、人気を博し「東の芭蕉、西の鬼貫」と並び称される上方俳諧の重鎮。鬼貫は、家業を継がず、俳諧を業とせず、貧窮に甘んじ、句作に励んだ。

「まことの外に俳諧なし」。二十五歳の春、道破したと伝わる有名すぎる条だ。これは享保三年(一七一八)、五十八歳上板の『独ごと』にみえるが、たとえば「まことを深くおもひ入(いれ)て言(いひ)のべたるも、詞よろしからざるはほい(本意)なくぞ侍(はべ)る。心と詞とよく応じたらん句をこそこのむ所には侍らめ」などなどと委曲を尽くして「まこと」論を展開している。だがへんな言い方ではあるが、どうにも「まこと」とは受けとれそうにない、そのような作が目に付くのである。そのあたり、こちらが好ましく思われる句をここに引いてみる、こんなのだ(以下引用は『鬼貫句選・独ごと』岩波文庫)。

から井戸へ飛そこなひし蛙かな
骸骨のうへを粧(けはひ)て花見かな
さくら咲(さく)頃鳥足二本馬四(し)本
あちらむく君も物いへ郭公(ほととぎす)
冬は又夏がましじやといひにけり
そよりともせいで秋たつことかいの
によつぽりと秋の空なる富士の山

一句目は、芭蕉の「古池や」のパロディ。二句目は、北斎漫画のコピー。以下、すッとぼけた上方風のおッかしさ。滑稽というのか〈たはぶれ〉〈ざれ〉がまさった句風。雅俗折衷、鬼貫流とでもいうほかない独壇場、自在句境。このことに関わって「禁足旅記」（架空東海道旅日記）のこの句をみられよ。道中の「もどりに芭蕉がいほりにたづねて」と前書して。

我レに喰せ椎の木もあり夏木立

なんぞとまた「先たのむ椎の木も有夏木立」（『幻住庵記』）のおちゃらけ。ほんとうこの鬼貫ぶりはどうだ。またこんな川柳まがい季語なしの一句もみえる。

人間に知恵ほどわるい物はなし

路通は、だいたい蕉門にある融通のきかない堅苦しさが大嫌いだった。であれば鬼貫の剽軽さを大いに賞揚し肩入れしたろう。鬼貫、ほんまにごつう滅法おもろいやつや、と。

●寅さん

宝永五年（一七〇八）。六十歳。

路通には上方のお気軽さが心地いい。でこの年、鬼貫もおぼえず失笑するような、句がある。

これには野暮な句解はいるまい。

風飄逸雅

遊ぶ哉九日十日十三夜　（宝の市）

「九日十日」は、よろしく「十三夜」を引っぱり出す言葉遊びだろう。遊べばいいのだ、ほんまわりゃ脳天気といわれようも、遊べるかぎりは。ところでおかしいったらない。そっくりもそのまま愉快至極な隆達小歌がみえるのである。ちょっと節をそれらしくして歌われたし。

泣いても笑うても　ゆくものを　月よ花よと　遊べただ

宝永六年（一七〇九）。六十一歳。

「秋、『路通移徒』の俳諧が鬼貫その他によって催された（仏兄七久留万）」（「年譜」）

これきりの記述では事情はわからないが、ここでまた身辺に何事あったものやら。「移徒」は、移住のこと。するとこの秋に京都から大坂へと、どこだかに長居を許す場所か招く誰彼があったか、その貸間か小庵に移ったようだ。でそのことを記念して鬼貫ほかが俳席をもったと。路通、どうやらこの大坂の町においては温かく迎えてくれる良い仲間がいたらしい。でもってしばし「遊ぶ哉」「遊べただ」なんて面白おかしい日を送ったことだろう。

宝永七年（一七一〇）。六十二歳。

十月、十六年前は神無月の十二日、いやこの日ばかりは憶えている。ぜったいに忘れっこない。この日に翁が逝った。路通は、つぎのような篤い追善の句を御魂に捧げるのである。なぜかその集で大坂ではなく「京　路通」と肩書をほどこして。

翁の跡も十とせに余り、神無月のありく〱と忘れぬ人の勧め催さるゝ事ありて

初霜のつめたき指を折日哉　（俳諧栗津原）

ほんとなんとも翁を偲ぶ心の真っ直ぐであることか。というところで少し立ち止まってみてみよう。

——御師、指折り数えればお亡なりになられてはや「十とせに余り」、かえりみて己はその遺徳に恥じない日月を送ってきたか、そのように問うて恥じ入るばかりで……。

芭蕉逝って十六年、路通は、とっくに還暦をすぎて、師の享年よりも十も年上になる。それがこの歳になっても、うろうろと「行乞のまねを」して、ほっつき歩いている。さきに第一章で「いつも路通のことを考える」という山頭火にふれた。たしかにこの御仕もまたよく草鞋をすりへらした。山頭火は、しかしながら過度な淫酒が崇り五十九歳で人生の旅を終えているのだ。路通は、しかるにいまなお生きて歩いているのである。でこのことに関わって、ここで水上さんに、またお出ましねがおう。

——路通さんは、寅さん、みたいやないかい？

そのさき路通の話をしていて、唐突にも突然、そんなふうに表情を緩められた。いまなおその記憶はあたらしい。おもえばその口ぶりには作家らしい批評がそれと込められていた。どういうことか、ほかでもなく小生のいささか偏狭すぎよう見方をあやぶんで、おっしゃったのである。

——路通さんは、あなたがみるよりも、ずっと明るいお方だった、のじゃないのかな?

いやちょっと虚を突かれたぐあい。なるほど、路通さんは、寅さん、みたいか。わたしはポカンと口を開けること、しばらく膝を打っているのだった。水上さん、さすがなりである。

ついでにいえばあの、カメレオンマン・ゼリグ。やはり彼も「ずっと明るいお方だった」ようだ。寅さん、車寅次郎。おそらくこの名は前述の江戸浅草の非人頭車善七に遠く由来するのだろう。そうであれば、なおのこと明るく振る舞わなければ、ならなかった。

路通は、生まれを尋ねようもなく詳らかにしない。寅は、幼くして親とはなにあってか別れたようだ。出生、かくのごときならば、生計、あんにたがわずなるか。

路通は、もっぱら各地の蕉門をたずねて、俳席に連なり鳥目を得ている。寅は、いっぽう各地の祭場でタンカバイし、傷物を握らせ幾許か懐にする。

おふたりさん、そろってそれぞれ身の上を明かせないわけあり、というしだい。ともに家は持たなく、路通には僧坊が、寅には柴又が、とまれ帰る先だという。そうしてどれほどか必ず詰まらぬヘマをやらかし、どうにもこうにも尻を浮かせるにいたるきまり、ふらりとまたどこやら旅の空とあいなっている。

乞食坊主と、的屋風情と。たしかにおふたりさんは似たりよったりの風まかせもいい、身過ぎ世過ぎ、をされていて暮らしぶりもまた遠からずといったところか。とするといずれの処世においても肝要なことはなんなるか。それはもうぜったい人好きのする明朗さではあるまいか。

――路通さんは、寅さんよ！　ハッタリもよし、コケオドシ、ナキオトシ、ナンデモありよ……。なるほど、そんなふうに考えられるとは、なっとく。そうするとその句からして、そして問題行動もまた、ちょっと違ってみえてくる。水上さんは、にんまりと、おっしゃった。

――だって寅さんのべらぼうな喋くりは、ありゃくちべたの照れ隠しのせいなんで、じつはひめた優しさの裏返しの現れでしょうや……。

勉強になった、さすがにこの世の裏の裏まで冴え返った乾いた目で見つづけてきた、先達だけある。わたしはそのお説から引きだしていた。そういえば「遊ぶ哉」の句の「九日十日十三夜」、なんていうほどの宜しさはどうだ、いやほとんど寅さんみたいでないか。ほんとそんな「おう労働者諸君！　今日も一日ご苦労様でした。さあ明日はきっとからっと晴れたいい日曜日だぞ」なんてぐあい。

路通、いよいよ晩熟といおうか、齢を重ねて、いたった句境はというと、〈赦し〉に繋がる〈緩み〉へ。

これからのち、ますます「遊ぶ哉」「遊べただ」とゆかん、となっている。

＊1「わたしのお盆」山崎朋子（『ひとあしずつ』主婦の友社　昭五五）

(八) 遅ざくら

●老を啼くらうぐひす

いよいよ最後に開く緞帳となった。しまい、終幕、なのだ。ついてはまた舞台裏のことである。まずもってちょっと興ざめながら断りをもって始めることにしたい。それはじつをいうとこれ以後は参照してきた「年譜」が役立たないことである。ほとんどまるで、スカスカ、なんもないのだ。なんともなんと、わずかに各年度に上板なる撰集に入集した発句数が載るぐらい、というのである。しかもこれが年を大きく跨いで飛び飛びというのだ。

さて、ここから路通の晩期におよぶ。そうだけど、どのようにして稿をついでいったら、いいものか。どうやらみてきたように、京都を離れて大坂を住みか、としていたらしいのだが。路通は、ところでこのとき還暦をすぎているのである。であれば往時の寿命からすると、それはもう立派な老人であろう。だからおそらくこの頃にはそんな遠くにまでは旅をしていないのでは。しかしながらいまだ乞食坊主をつづけること、それが性なれば、あっちこっち居候寄食をしていたとおぼしい。

いやそうではなく、宗匠の名のもとに悠々と生きていた、のではないか。路通宗匠様。あるいはそのように迎えられたと考えられるかもしれない。とするとそれは大誤りもいいのだ。路通は、そもそもぜったいに宗匠にはなれっこない。いわずもがな、乞食、だからである。いま一度いう。いったい俳諧は庶民の文芸とされる。だがしかし江戸時代は身分制度が絶対基準なのである。宗匠になれるのは、まず武士、医家、豪農、豪商、高僧など、上流にかぎられた。芭蕉は、農家の出ながら仕官の経験から身分は武士として遇され立机できた。

路通、「松尾屋にても二三番ぎりの太夫」。であったとしてもその位置は無理というものである。ついでながらのちの一茶も宗匠にはなれなかった。それはやはり彼が中農の出のためである。もっともふたりとも宗匠の補佐役の執筆(しゅひつ)はつとめているが。

路通は、だからこれまでと同様に松尾屋の一介の俳諧師にすぎなかった。むろんそれなりに悪い意味も含めて、いやもっぱらそちらのほうで、その名は巷間に通っていたろう。それでおそらく京都や湖南はさけかげん、大坂やその近在を回って連句を巻く指導や手解きをして、わずかなお鳥目を頂戴していたのやら。あるいは坊主として法事などに呼ばれて経を読んで幾許かを懐中にしたものか。まあそんなそれこそ老寅さんのあのタンカバイとどっこいどっこいぐらい実入りがあっただろう。というところで、たまたま手にした本に[*1]路通の未見の句があった、こんなのである。

老を啼くうぐひす思へきのふけふ

ここからは腰を曲げてもなお「老を啼く」とうそぶく日を辿るつもりだ。ところでこの句はというと、芭蕉の死出の年になる（元禄七年五月作）、つぎなる句を踏まえていよう。とするとなんという師弟の交霊なることだろう。

鶯や竹の子藪に老を鳴く　芭蕉（俳諧別座敷）

鶯とくれば梅。だがいま夏の季も「竹の子」の藪で鳴こうとは。なんとも老いさびたような囀りなるか、このとき老師は死を覚悟していた、われもまた遠くなきよ、の謂。

正徳五年（一七一五）。六十七歳。

八月、許六、歿。その門人らが師許六の遺言集『歴代滑稽傳』を上板する。なかにこんな記述がみえている。

「路通・荷兮・野水・越人・木因等は勘当の門人也」

許六は、彦根藩の三百石取りの重臣。先師亡き後、自ら「蕉門二世」と称し、「俳諧の底を抜いて古今にわたる者は五老井（許六の別号）一人だ」と、申すお侍様。つぎのような句を詠んでおいでだ。

一竿（ひとさお）は死装束や土用干　許六（五老井発句集）

土用干しの衣裳類のなかに白一式は切腹用の死装束をみるか、の謂。なんだかいかにも武士でござるというような武張った気取りがふんぷんして鼻持ならなくないか。

許六、みてきたように路通にたいしてつねに高飛車、断罪的なものいいをしてきた御仁なのである。それにしてもこの「勘当」とはなにを根拠にしての遺言であるのか？　なんともまだこのような妄言のたぐいが、しかも遺言集として、それらしく平気でまかりとおっているとは。このことに関わっては、いま一度、前出の元禄五年二月十八日付、曲水宛芭蕉書簡、それをご覧いただきたし。芭蕉は、そこで路通の破門の噂について「於二拙者一は不通仕まじく候」、すなわちまったく絶縁などする気はないと明言しているのである。芭蕉が、いったいぜんたいそもそも、門人を破門するような軽挙に執心する、なんてことはありえようない。しかもわけてもその才能を高く買う路通とあってはなおだ。

それなのに、か。それだから、か。なんだかんだまだまだ誹謗中傷はやまないありさまだ。そうしてこのことはなんと、それから十年も経ったとしてもご同様で変わらなく、つづいているようなのである。というようなあまりにもひどい実情をみると『小説』のつぎの一節がふとよみがえってくるのである。

それはそう、翁が身罷って遺骸を高瀬舟で運ぶ場面、なのである。其角は、ときに船中の門人を見渡して独語する。「師翁の風雅の真が、そこらに集う者らに果たして受け継がれようとは、簡単に思ってもいないのである」と。そうしてわが胸に呟くようにする。

「一人の詩人の魂は、時空を超え年代を超え、一門の右往左往など遙かに超えて、いずれ真の魂の出現者にまで受け継がれるであろうことを知っている。もし蕉門というものが有るならば、それは芭蕉師の終焉とともに終わったのである。もしその死後にも有らねばならぬとすれば、それはおそらく、身近な蕉門を越えた時空の彼方から、遠い鼓笛の近づくように奏でられ始めるであろう」

其角は、自らも含めて、はっきりと蕉門が「芭蕉師の終焉とともに終わった」と認識しているのだ。そしてそれはまったく正しいことなのである。

●萩の雨

享保八年（一七二三）。七十五歳。

悪口屋の許六の御逝去。それから月日がたつのは早いもので八年もすぎた。路通、もうとっくに古希半ばというのである。みるとこの年につぎの句があるのだ。それも年齢らしく「斎部老禿（形ばかりの老いぼれた僧）路通」という肩書をして。


うみの音と聞ば、ことばの水の落あつまるをいふにや。うはさの程は袖にこぼれて、その人はいつ我はいつ

見しやそれ奈良か稲荷か鹿紅葉　（海音集）

前書の「うみの音」は、撰集「海音集」に掛けて。これが当の句と相俟ってじつに卓抜で胸を打つのだ。ときに路通、「老禿」である。やがてこの身も土に帰ろうが、ひるがえってこの歳にいたるまで、どれだけ多くの魂を送ってきたか。「うみの音」とは、悲しみの「ことばの水の落あつまる」その響きなるか。そしてその響きが「その人はいつ我はいつ」と谺をかえす。

句は、それらいま逝く誰もが今生の別れに見たがるのは、ひとしく高貴も卑賤もおなじ、名所絵図の「奈良か稲荷か鹿紅葉」という土産物的また花札的の一幅なるか、の謂。いやほんとなんと見事なる〈緩み〉もよろしく〈赦し〉を匂わす佳句ではないだろうか。またこの年にはこんな滑稽のまさった句がみえる。

所司に出る密夫公事や鳴鶉　（芭蕉盥）

「所司」は、官庁。「公事」は、公務だろう。おそらくこの句は当時話題のやんごとないおかたの姦通事件に材をとったものか。「鶉鳴」は、「ふる（旧）」にかかる枕詞。句は、いずれの昔より下々もお上も生臭すぎる世であるよ、の謂。ここには軽妙さと滑稽を重んじた宗因や鬼貫らとの交流の影響がみえよう。なんとも歳経て愛嬌ある人事の一景でないか。路通、腰は曲がってもこんな芸当ぐらいはまあお茶の子さいさいであろう。

享保九年(一七二四)。七十六歳。

つづいてこの年のものとして、つぎのような句がみえている。

そゝり気のぬけてしみつく萩(はぎ)の雨　(水の友)
松本やまたれぬ人を雪にとふ　(仝)

一句目、「そゝり気」は、浮かれ騒ぐさま。句は、いまのわが心境はというと、ざっと飛沫を跳ね上げる爽快の気の満ちる驟雨ではなく、しっとりと萩の小枝に「しみつく」ようにそぼ降る小雨なろうか、の謂。路通、なんとも宜しく枯れて侘びている。ゆるりと緩んでいる。

二句目、「松本」は、膳所の松本。この「またれぬ人」とは? ほかの誰でもない、芭蕉、その人であろう。この年は翁の三十年の忌に当たる。「松本」の「松」は、「待つ」の掛詞。このとき老いた弟子は翁の墓所に額ずいたか。路通は、ゆくりなくその昔にこの地で翁と見(まみ)えた日のことを浮かべたことだろう。

なんともこの両句とも〈緩み〉もゆるくあること、しのびよる老いのありようをそれとなく感じさせて、ほんのりとした〈赦し〉の佳句でないだろうか。

享保十年(一七二五)。七十七歳。

「二月、潭北（姓は常盤、其角の門人）が『百花齊随筆』を著し、路通の偽筆に触れ、素堂をだまして『玉の影』なる書を芭蕉の手跡に似せて作りし由、伝える」（「年譜」）。このことの真偽のほどはさてとして、ここにきてなにかまた不品行におよんだものやら、まことしやかな噂話がつたわっている。いやいまだこんなちょろまかし、をやっておいでになるとは。なんだかちょっと痛快じゃないだろうか。

「偽筆」？　そこで思い出されるいま一つの話がある。それは前出の『芭蕉翁頭陀物語』所収の一話「鬼貫貧にせまる幷路通が事」である。鬼貫は、さきにみたように貧窮をきわめている。やがてとうとう金繰り尽きて自殺を考えるにいたる。それをみて路通が「我にひとつの術あり」と耳打ちしたとか。するとなんと「其のち鬼貫も幸を得」たというのだ。いったいその「術」なるものとは？　このように明かされるのだ。すなわち「路通はにせ筆の上手といはれて、社中の憤をうけしなり」やからぞ、と。

むろんこんなのは風聞のふくらましだ。がもしこのことが証拠確かであったとしても、しかしながらそれは絶対悪であるのであろうか。鬼貫に死を思いとどまらせる、そのためにあえて、偽筆の術を教えるというのは。

またこの年、このことでは第三章で少しふれたが、越人が『不猫蛇』を著して、さきに「猿蓑撰候比、越人をはじめ諸門人、路通が行跡をにくみて、しきりに路通をいむ」（「旅寝論」前出）とされた、この記述を蒸し返して文考を難じた。これに対して翌々十三年、文考が『削りかけの返事』を著して、またその一件を俎上にして、越人こそ芭蕉存命中、路通の悪口を言い、翁の機嫌を損ねた張本人と報いている。じつになんとも愚かしいかぎりだ。

ほんとうまったくこれでは師翁の「なからん後路通が怠り努〳〵うらみなし。かならずしたしみ給へ」の遺言はなくもがなではないか。

●白露の寄添

享保十四年（一七二九）。八十一歳。

この年、またまた越人が『猪の早太』を著してこうも蒸し返している。「思ふに路通に悪名つけたるは却而貴房（支考）と許六なるべし」と。なんていやほんとまったく、下も下の底、もよろしいことだったら。いったいこのありさまを泉下の翁はいかに嘆息し悲しんでおいでになるやら。其角は、さきの『小説』の引用につづき毅然と明言する。

「いやしくも師翁の余影にかくれて、醜いあがきは断じてすべきではない」

許六、越人、支考、などなど。ほんとうにこの「醜いあがき」ぶりといったら。路通は、ところですでに傘の寿をすぎているのだ。であればまったくそんな騒ぎから遠くあったことであろう。ひょっとして耳は遠くなって目も霞んでいるやら。そうしてこのとき胸のうちにひめた思いのほどを、ひとりひっそりと舌にころがし呟いているのである。

白露の寄添よしや萩すゝき　（三物拾遺）

句は、晩秋の「白露」にぬれ倒れ伏した、蘆や萩や薄やが、「寄添」ごとき抜け毛の白髪のさま、もうこんなにも老いぼれなれば何事もすっかりと免れていいのでは、の謂。いやこうして自然を詠んでそれと人事を偲ばせるあたり。くわえて韻の踏みかた、さらに音の流れもよし。まあこの晩熟の〈緩み〉〈赦し〉句境の妙はどうだ。これまたなかなかの佳什というものであろう。

享保十六年(一七三一)。八十三歳。

「此の年迄、京に居を構え、松助・毛越・軽子・窮翁・菊唇・渓渉らの門葉と俳席を重ねる」(「年譜」)

なんともこの記述には仰天させられた。まずは「京に居を構え」という。これはどういうことか。いったいこの歳になってまた？　なにかしでかして大坂を逃げ出さざるをえなくなった、なんていうようなわけで京都に舞い戻ったというのだろうか。

くわえて「門葉と俳席を重ねる」ともある。これはまたどういうことなのか。乞食路通であれば、ありていにいって、門人一人もいない。ずっとそのように思ってきたのである。それがしかしわからないもので、乞食翁にもなんとも嬉しいことに慕ってくる仲間内がいらした、というのだからびっくりもいい。ただしここに列挙されている面々について、みなさん京都の人らしいのだが残念なことにその俳名を残していなく、それぞれの子細はとなると毛越(後述)をのぞいて不明にしている。

ただこれらの人々がいたおかげで、ほんのわずかなりともその最晩年のようすがうかがえる、というのだから有難いかぎりである。

それにしても「居を構え」ようとまでは？ ついてはこの年上板の『俳諧師伝口訣』に「路通京下立売大宮通下ル 翁勘当の門弟也とある」(「年譜」)とみえるのだ。ここにいたってもまだ「翁勘当の……」と一筆入りされているとは。路通は、それはさてみてきたように乞食渡世よろしくあったのである。であるとするなら「居を構え」はないのではないか。じつはこのことに関わって思い出される人がおいでになる。それもくだって近代になってである。

河東碧梧桐。正岡子規門下、高浜虚子と並び立つ俳人だ。碧梧桐は、半生を旅の空にありつづけること、一度も家を持たないままにきたのだ。昭和十一年、碧梧桐、六十四歳。なんとこのとき、門人らが師の老後を思い奉加帳を回して仮寓を進呈、したというのだ。[*2] おそらく路通もまたよく似たような経緯だったか。ではなくてそんな貸家なり貸間を斡旋されただけだか。やはりなんとなく後者であるのだろう。路通は、しかもこのとき碧梧桐より二十歳ほど高齢というのである。

●我に寝よと

享保十七年(一七三二)。八十四歳。

「此の年、大坂に移り、以後世を去るまで当地に住む」(「年譜」)。しかしどうしてこの歳を迎えての、またの引っ越しになったものか。あるいはそれほどしようまで京都・湖南の古い蕉門衆が厭わしくなることがあったのやら。ではなくてまた何か悶着を起こしたりしたか。わからないがときに誰だか引き受ける人があったものなのか。だけどもその終の棲家は大坂の町のどこだろう。寺社の小庵にいたものか、他家に寄寓していたのか。それもなにもまったく、わかっていないのである。

ただこの年にそう、「蕉門大坂　路通」の肩書で、こんな句がみえる。

雪雫我に寝よとの昼間かな　（綾錦）

路通、ひょっとしたらこの歳になってまだそこらを、やっぱりそんな老寅さんみたくして、ぅろうろとうろつき回ったりしていたのか。あるいはどこかを患っていたものか。句は、外は雪なのだから「昼間」であっても静かに寝ておるか、の謂。これをみるにつけ足腰はさて飄々とした老爺であったのだろう。

元文二年（一七三七）。八十九歳。

ほんとなんとも凄いばかりの齢ではなかろうか。あの五月蝿い京都や湖南の蕉門の残党さん、みなさんもはや泉の下においでになっている。偉いお方が死んでかれこれ、愚かな我が生きてようとは。これぞ俳諧のごとき滑稽なりだ。おかしいったらない。

でもってこの春のことである。路通が、そのいつか白水（南紀の人、子細不明）に贈ったとされる、つぎのような句文（武田村徑筆『発句集』所収の写し）があるという。（以下、藤木三郎「路通雑記」[*3]を参照)。

老てはむかしをのミおもひわびぬる　かだましさ(頑なさ)　いまめかしきかたには　おのづからとをざかりぬるはるのするゑ　白水子のもとにやすらひ　此比花やかなる好人の俳諧など物語を聞も　耳うとく目なれぬ様あるじもあはれミ　古ことのはずれゆかしきなどゝなぐさめられ　我も朽木のかをりなきを恥ぢず　口の皺のばさむとて

よゝ芳野梢も種也若桜　　忌部八十九翁

白水の本居は南紀だ。がどうやら大坂にも居宅があったか。そこに招かれる。このとき同席した「此比花やかなる好人」とは、松本淡々(一六七四~一七六一)とされる。淡々は、大坂生まれ。元禄元年、芭蕉に入門、翁の歿後は其角に就く。京で門戸を張り名声を博す。のち大坂に移り、浪花ぶり半時庵流と称する俳風を広める。路通とも風交あり。このとき大いに座は湧いたろう。しかしながら俳諧の話となると、まだ若い淡々と路通の間では、どうにも理解が届かなくなっている。老いて昔をのみ思い侘びて頑なに、今めかしいものから、遠ざかるのがつねか。路通は、いかにも興が乗らなげだ。藤木氏は書く。

「白水がその様子を見て、路通の談話には古い言葉が風の吹くときの葉擦れの音のように囁き出され、それが床しいと言って慰める。路通もそれに応えて、口のまわりに深く刻まれている皺をのばして一句吟じた」

「よゝ芳野……」の掲句。心は、「よゝ（代々）」見事な花を咲かす吉野桜、いまやわれは朽ちて焚き付けにする「榾」ごとき身なるも、せめてその若い花の養いとならんか、の謂。なんともほっこりと枯れきった老いようも緩く涼しげなお爺さんになっておいでだ。それでこれがいまのところ、路通の最後の句文、とされるものであるとか。

そしてそれは、もうその明くる年のことと、いうのである。

元文三年（一七三八）。九十歳。

ここに一篇の論考がある。大儀義雄「『蛭が小嶋の桑門』は路通──路通緒考」[*4]。この論考では出自や没年ほかをめぐる積年の知見が披瀝される。なかでも注目されるのは、著者が架蔵される、『聞書花の種』なる写本、そこに載る路通に関わる部分、それからの抄録である。これがまったく不明なままであった、路通の最期と死に関わる周辺の消息を知る上で重要な文献で、おそらくほとんど唯一のものだろう。でここからこれを取り上げたいが、あらかじめ断って進めることにしよう。じつはこれが路通の十三回忌に際し上板なる文集なのだという。そこにはつぎにみる「序」「跋」の二点が引用されているそうだ。

師翁路通、齢九十の春も過て、初秋の十四日、浪花江の芦間に見失ひ侍けるも、十とせ余り三とせなるらん。……。そのかみ翁の

はづかしき散際見せん遅ざくら

と八十余歳の筆をふるはれしも、なつかしきまゝ、門人渓渉が写しおける一軸の像にむかひて、文月某日袂をうるほす。　松助「路通十三回忌序」

師翁九十の夏より秋に渡りて、悩臥おはする比、窮翁・菊唇の両士に倶せられて、芦のひとよの舟をいそぎ、浪花の閑居を訪らひしも、一ト昔の夢なれや。ことし盆会の其日、言葉をつかねて、松翁、遠忌の志を遂給ふ。ア、我壮年にして大居士にわかれ、別れてより居士のごときを見ず。笠もなつかし、頭陀もなつかし。　毛越「路通十三回忌跋」

まずは松助の「序」をみる。「師翁路通、齢九十の春も過て、初秋の十四日、浪花江の芦間に見失ひ侍ける」。すなわち七月十四日、盂蘭盆の初日である。路通、ここにこの日に「見失ひ侍ける」つまり長逝されたそう。享年、九十。ひたに合掌したい。

つぎに毛越の「跋」をみる。「師翁九十の夏より秋に渡りて、悩臥おはする比」門人の毛越・窮翁・菊唇の三人が、京より淀船に乗り、師を病床に見舞ったとある。だがあえなくそれが、最後の消息、ということになると。それから日月もおかない。

ほどなくもうすぐに、その時の刻を迎える、ことになったらしい。

というところで、松助の序文にある路通の掲句を、みることにする。すると「八十余歳の筆をふるはれしも」とある。だからそれはすぐ死に近くあったいつか。むろんはっきりと死を視野に入れてのものだろう。

●遅ざくら

それにつけ素晴らしい、さすが路通なるなり。ここにいたって「はづかしき散際」との自嘲はどうであろう。いやほんとなんとも見事な挨拶というものでないか。

「遅ざくら」は、いま散った。ところで路通はというと、独り者、まったくの孤老なのである。だからその「はづかしき」さまはそう、いまふうにいえば衰弱死、いわゆる、孤独死であったのだろう。であればそれこそ眠るように逝っていたのではないか。かえりみれば暗い生い立ちを背負い悩み多い生であったのだ。だからせめてその終わりばかりは安らかであってほしい。わたしは願うのである。それはそう、ぽっくりと逝ったはずだ、ぜったいに。

もうその刻が迫っている。路通は、このときぼそぼそと呟くようにしていた。それはなにかと陀羅尼経だったろうか。そのさき翁の塚にひれ伏して唱えた経である。そうしてやや、ひとりひっそりと息を引きとっていたのでは、ないだろうか。

そのさきに師芭蕉の臨終の模様を略述しておいた。じつになんとその通夜の焼香者は八十名、葬儀当日、会葬者は三百名弱にもおよんだのだ。

くらべるべくもない。このとき路通の訃を毛越、窮翁、菊唇らに伝える人間がいたか。どんなものであろう。いちはやく駆けつけた誰がいたものやら。はたしてその枕元に花の一つも手向けられていたか。ひょっとすると誰もいなく花もなかったのでは。小庵か、貸間か、そこで幾日かして発見されたか。いやそうではなく命日が知られている、であれば看取る誰かはいたか。わたしはその死に思いいたすのだ。「平生則辞世」。むろんもちろん辞世などありえない。それどころか骨を拾う者がいたものか。はたしてまたその墓があるのかないのやら、あるとしたらどこに葬られているものやら。あるいはどこかで無縁仏になっていようか。

　というところで、いま一人の碩学森銑三「路通の晩年」*5、これをみてみたい。森氏は、いまここで子細はおくが、なんと「年譜」とは違って終焉の地からして、大坂ではなく名古屋と推定するのだ。それは「たまたま路通に関する小さな資料を寓目した」として挙げる「蓬左文庫に蔵する木曾の山村家の『書状留』享保二十一年（即、元文元年）の冊の中に、江戸の旗本金森若狭守頼錦と、山村家の第七代良及との往復書簡の写が数通あつて、その中に路通のことが二三箇所見えてゐる」という。それに拠ると両人の書簡に「路通に『尾陽（名古屋）』といふ肩書が附せられてゐる」ことを挙げて、以下のように書かれている。

「して見ると路通は大阪で終らず、名古屋に到つて暫く移住し、つひにその地に歿したものと考へられる。享保十七年に「綾錦」（同集所収句「雪雫我に寝よとの昼間かな」）の成つた時にまだ大阪にゐたとすれば、その後名古屋に移り住んで、一両年にして身まかつたのであらうか。然らば路通の葬られたのは、名古屋かその近傍かの寺院だつたので、墓石も建てられたとしたら、それも何処かに残つてゐるのではないかと思はれる。同地の寺院や過去牒を徹底的に捜索することに拠つて、路通のことは更に分つて来るかも知れない」

いやここにきてのこの新説はどんなものであろう。「墓石も建てられたとしたら」。というのだから墓もなさそうな。あるいはどこやらの無縁の塚においでになるか。なんという、乞食路通、やはり「松尾屋にても二三番ぎりの太夫なれども」依然として、不明路通、であるのだ。そしてそれこそいかにも「野の土塊」らしくあるかといえよう。

それはさておきその長命ぶりには驚愕させられるのである。いったいじっさいに乞食坊主でこんなにも長らえること卒寿老爺がいたものだろうか。しかもそれが江戸という、後期高齢者介護的、でない時代なのである。たしかにそれは一孤児としての生命力だったのだろう。しかしなぜこんなにまで命をまっとうできたのか？　このことに関わって水上さんと話したことがある。するとこのときこのような意味のことをおっしゃった。

——それはやはりね、ずっと僧形だった、からでしょうや……。

すなわちお寺というシェルターが長らえさせた。それはたしかに大きかったろう。だがまたこのように考えられはしないか。

——はじめから生を考えられなかった、そうであればなお世間を見返すというか人生に復讐するようにもして、ぜったいに生き延びんとしたのでは……。

それが水上さんの結論であった。なるほど、まったくそのとおり、なっとく。それに当方もまた合点したのだ。

だがしかしほんと、仰天ものの長寿、ではないだろうか。超高齢カメレオンマン俳諧師。いやこの歳を数えてみよ。なんと師翁より四十年ほど長生したたと。くわえて驚かれたし。葛飾北斎（宝暦十年〔一七六〇〕〜嘉永二年〔一八四九〕、なんともなんとあの、画狂人とほぼ同寿命、であるというのだ。もっとも北斎みたいに世界にその名を残すような偉大すぎる人物ではない。それこそ誰でもない、どうしようもない乞食坊主ごときでしかない、がしかし宜しいのだ。

●花の山

路通、とうとう逝ったのである。ついては思われてならぬ。

「不レ知ニ何許者一不レ詳ニ其姓名一」。ほんといったい芭蕉に拾われるまで、いかほど辛酸を舐めさせられたか。でそれでしまいかというと、また蕉門でも「いね〳〵」と袖振られ、つづけてきたのである。指さされ唾された。くわえるにいわれなき罪まで着せられることになった。であればせめてもその晩年ばかりは仕合わせであってほしい。そうしてやはりきっと事実そうであったと得心しないではいられない。

寛延三年（一七五一）。路通歿後十三年。

ところでさきの大礒氏の「『蛭が小嶋の桑門』……」で引用した路通に関係する文献についてである。じつはあれはそもそも前述したように門人らにより路通十三回忌文集として企図されたものなのである。それからおしはかると一周忌もまた七周忌もなかったとおぼしい。

でこの七月十四日、路通祥月命日である。門下の松助は、かつて同門の軽子と師の十三回忌追悼の催しを志すも、当の軽子は「はかなしや去年の夏身まかりて」という、それでひとりで追善を企て「路通十三回忌」を主催し草したというのだ。そうしてこれに毛越が跋文を認めたのである。ちなみに『路通十三回忌集』であるが、前述したように写本があるきり、なんと原本の有無も未詳らしい。

ついでその門人について。前述したが、まずは松助であるが、「序」を書いているから第一の門弟とおぼしいが子細は不明。

つぎに毛越（姓、雪尾斎）であるが、わずかに知られるのはこの人だけで、かの蕪村と交流あり、その関係で名前をみる。さきに『曠野菊』（寛保二〈一七四二〉）を上板している。

軽子、窮翁、菊唇、渓渉、面々についてはその経歴はさだかにしない。だがどうやらみなさん蕉門との関係は希薄なようであるらしい。

それにしても毛越が「大居士にわかれ、別れてより居士のごときを見ず」と追悼するのである。蕉門においてはひどい仕打ちをうけつづけた。だけどこれら新しい仲間らにはなんと「大居士」とうやまわれ大切に遇されたらしい。

「聡明好短命　痴骸却長年」。路通は、そのさき自らを振り返って書いている。あたら馬の齢を重ねた。どこかでそのように自嘲することしきり、ではあったろうがだが、そのいっぽうで自若としてもあった。そうしてごくしぜんに長らえるべく長らえたようなのである。ところでいったい、ずいぶんな老耄の路通と若い俳友の句席はいかなる、ようすであったろう。

そこで引きたい、路通狂の米次郎に、こんな詩がある。

若い連中は威勢がよう御座いますよ、／人の詩を見ても、直ぐあれは好い、これは悪いと決定的な批評を下します、／だが、私位の年輩になると、恐らく、／どの詩が悪いか好いか解らなくなるでありませう、／詩の上のみでなく、自分に対しても、／果して自分が詩人だか無いかが解らなくなりませう、／今日の私自身が詰りそれなのですよ、／私は若い時代でも、画家が自分を画家と云ひ、医者が自分を医者と云ふやうに、／自分は詩人で候と人に語つたことはありませんでした、／又人間として誰も詩人であるべき筈で、／詩人といふ言葉に特別な意味を附けることを好まなかつたものです、／然るに私が自分の詩人としての資格を疑ひ始めました今日となると、／私は人に自分が詩人であると語りたいやうな気がしますよ。「詩人」[*6]

どんなものだろう。米次郎は、ここでなんだか、まるでそんな老路通になりすました、ふうではないか。あるいはこの詩を書くときに、どこかで若い俳友らの席に招かれた腰の曲がった路通のことを、ひそかに思い浮かべたのではないか。おそらくそこにぽつんと路通がまじっている、それだけでこの詩にあるようにも、まあほっこりと句席はなごんだことだろう。

「詩人としての資格を疑ひ始めました今日となると、／私は人に自分が詩人であると語りたい」、このことはそのまま路通の最後の境地であるといえようか。

九十翁、老路通。ここにきてさぞや好々爺然としていただろう。おもうにどうやらその晩期の日和はよろしかったか、なにしろひどく大変な生涯だったのだから、それなりにまあまあ幸福な日々であったとおぼしい。そしてそれはそれだけで、素晴らしき人生なりき、といっていいことなのだ。

さて、いよいよここらで筆を擱くときのようだ。いったいどのように幕を降ろしたらいいものか。としばらくこんな画が浮かんできている。

どういったらいいか。そこらいったいおぼろげに春の霞にかすんだよう、それこそ「はづかしき散際見せん遅ざくら」よろしく、ぼんやりとその姿が遠くのぞまれているのである。なんというぐあいか。

乞食路通。芭蕉が生き得なかった、風狂を生き貫きつづけた。芭蕉と、路通と。一枚の硬貨の裏表。いうならば芭蕉につきしたがう影のごとき役回りでしかない。それもきまって芭蕉を悩ませる厄介な奴という人物を演じるという。いうならばアナザー芭蕉とでもいうところか。

いやおかしいったら、うつらうつらと花の山の肌のよき石に眠りこくっている、しどけないようにも。ここでゆくりなく想起されるのは、道元の法統を継ぐ大智（だいち）（正応三年〔一二九〇〕～正平二十一・貞治五〔一三六六〕）禅師の、つぎのような偈頌（げじゅ）（韻文の体裁を採った法語）である。

万象之中独露身（万象のうちにひとり身を露（さら）す）
更於何処著根塵（もはや煩悩などどこにもない）[*7]　「鳳山山居」（現代語訳・筆者）

――御師、やつがれも、もうそろそろ翁のおいでになります天へとまいりたく、なりまして……。

(八) 遅ざくら

＊1『暉峻康隆の季語辞典』暉峻康隆（東京堂出版　平一四）
＊2『忘れられた俳人　河東碧梧桐』正津勉（平凡社新書　平二四）
＊3「路通雑記」藤木三郎（前出）
＊4「『蛭が小嶋の桑門』は路通――路通緒考」大礒義雄（前出）
＊5「路通の晩年」森銑三（『森銑三著作集　続編第二巻』中央公論社　平六）
＊6『最後の舞踏』野口米次郎（金文堂　大一一）
＊7『大智　禅入門6』（講談社　平六）

後書

路通？　よりによってなんでこんな人物を一本にしようとしたものなのか。いったいどうしてまた成算なきをおぼえていて、わけがわからない、やたらめったな心持になったのであろう。いまこうしてやっとのこと後書の段階にきていぶかられるのだ。

そのはじめ、いつだろう。わが青春は一九六〇年代も後半なり。いうならば、異議申し立て時代の申し子、なのである。フーテン、ヒッピー、ドロップアウト……。そしてむろんいわずもがな、自らもそう、落ちこぼれ、もよろしくあったのである。

二十代半すぎの、失職、抑鬱時代である。そんないつかたまたま手にとった雑誌で路通について知ることになったのである。ほんとこんなとんでもなく変な輩がおいでなさったとは。そのなかで紹介されている句と生き方がとても痛快であったのだ。以来、目にふれるかぎり、まれにもまれにその名をみるだけだったが、読みつづけてきた。でもってそのうち小伝かあるいはまた、袖珍（しゅうちん）句集上梓、でもだせたらと夢想したものである。がそれをずっと果たせないできた。どうにもペンを執れなかったのだ。

正直なところ、たしかに面白くすこぶる魅了されるが、実際はどうか。こんなわけのわからない人物に付き合ってあたら有意（？）の時を過ごしていいのだろうか。そんな天秤棒的気分だった。くわえて本文で再三こぼしたが、ほとんど資料が残存しないこと。あまりにも不分明な点が多くにすぎ、ぜんぜん全体像が窺い知れないという。でもっていったん始めてしまうと深入りしそうな恐れがあったためだ（それがやはり現実にそうなった！）。であれやこれや困難いっぱいながら、ともあれここに小著をみるという。

そこにいかな初心があったか。いまなぜまた路通であるのか。そのようにたえず問いかえしながら書いてゆくうちに思ったことがある。いくつかあるが一つにとどめよう。このことはもう繰り返し本文で採り上げつづけてきた。

それは、差別、である。芭蕉と、その膝下に参集する、門人と。これはいうなれば当代の最良、最高の知的サークルである。路通は、うちの一人である。でいささか問題があるものの、よく気心知れた、ちゃんとした身内なのである。ならば、差別、はない。

というところで事改めて強調しておくことにしよう。まずもって俳諧は志をおなじくする者たちが、ともに心をわかちあう座の文学なのである。であればおよそ差別とは相容れないのはあきらかである。

もう一度いおう。そのはじめから俳諧は言葉の本来の意味で自由な文芸なのである。いや百度もいう。つまるところ俳席では誰もが殿様も乞食も誰とも平等であるはずだ。歌は御簾の内のもの、であるらしいがあえていえば、句は万民の座のもの。

　まずなぜ俳号なるものをいただくのか、それはこの世の身分や姓名を脱すること、をもって句席をともにするしだいからだ。でそれぞれの者が長句と短句を繋げながら共通の場たる座を盛り上げ一堂して揚句まで持ってゆくという。それこそそこに集う者が一つの曼荼羅の図を描き挙げるようにして。そこにはいかなる貴賤、上下もあるべきではない。

　そのようにあるのが俳諧というものである。であるならば、たとえそれが百歩ゆずってまあ建前でしかないとしても、ぜんたい俳聖芭蕉一統はちがう、そこらはぜったい蕉門にかぎっては貫徹されているはず、ではないのか。おしていわれなき排除はなおあるべくもないと。

　であるのにほんと多くがなにあってだろう。こんなにもひどくあくどく路通を標的にしてあかないものかと。わたしはどうにも怒りをおさえられない。

　素性、経歴、品行……。などなど諸点に問題があっても、このようなことは当然のことながら、ことその作品の評価について、まったくいかなる関係もありえない。そうであるはずが、間違いが罷(まか)りとおって、それこそ人の性であるか、差別として現れるのは、どういうかげんか。

　いやなんともちょっと哀しいことではないか。人は誰もが、わたしも、それぐらいのことをもって蔑(さげす)み、貶(おとし)め、陥(おとしい)れ、辱(はずかし)めたりまでもするのである、他の誰かを、あなたを。というぐあいなんと恐ろしいことではないか。

　そんなところに俳諧があるものか。なにが俳聖さまだ。ほんとまったく選良かぶれもいい。なにが蕉門なりだ。

無一物、不実軽薄、没義道、一所不住、裸一貫。路通。ほんとうに長くもながく命をつないできた。じっさいに考えられないほど生きのびてきた。そこにどんな力なり支えがあったか。それはあえていえば自ら恃みひとえに句を詠んできたことだろう。つまるところ、あるべき俳諧を信じて、それはあれこれと少なくもなく誤れることを犯してもきたろうが、まず正道を歩んできた、おかげである。そのことにつよく感じることあって、わたしはペンを執ったのである。ここにその生の軌跡を詳らかにし、あわせて句の真実に光をあてんと。

路通。きょうのいままでこの御任について、ほんとうじっさい大袈裟でもなんでもなく、あらかた一顧もされてこなかった。みんながなぜか、わからない理由があってか、どこかで翁の付け足しかげん、なんとなし忌避するような、きらいがあった。それはどうしてか。おそらく指さされ唾される者だからだ。

乞食坊主を論じるのはそんな、わたしは笑っている、真実沽券に関わることなのか。路通などとはおき、路通没後二百七十余年、になるという。というところでどんなものだろう、路通をいまこのとき人目はばかるような存在、にしてしまっておいていいものか。ちがうだろう、すればのちの世にわれらが狭量、不寛容、怠惰なることを咎められるはず、ではないのか。

とはさてとして。ひるがえってみれば、これがはじめて纏まったかたちでの著となるらしい、というようなのである。そうであるならば、そのことだけでも天の邪鬼なるなりに心のどこかで少し自慢にしていいものか、できはおいてだが。さいごにいおう。

路通。最底辺たる宿命にいささかなりも屈することがなかった天晴れな俳諧師。いつどこで野垂れ死にしていても、おかしくない薦被り者なのである。いまふうにいえば格差社会、ネグレクトのはてのホームレス、漂流棄民とでもいえようか。

路通の句作は、心底の発露だ。そこにはいまこそ聴くべき、呻きや、嗤い、沈黙、号泣、憤り、呟きや、ひめた声がいきづいている。心底の発露だ、路通の句作は。

＊最初に謝辞をのべる。多田裕計氏と、水上勉氏と。まずこのご両人の存在がなければ本書は存在しえなかった。泉下のおふたりに小著をささげたい。叩頭。

＊本書の執筆にあたり。章末に付した学究の論。またここに名前は掲載しなかった諸氏の文献。ほかを多く参照している。あわせて深く感謝したい。御礼を。

＊本書の上梓をめぐり。担当は、作品社顧問・髙木有氏。氏とは、四十余年、親交あり。この著が氏の手により陽の目を見る。これほどの喜びはない。有難う。

資料１　芭蕉路通関係年表

●貞享二年（一六八五）。三十七歳。
芭蕉、四十一歳。三月、『野ざらし紀行』の途次、湖南で路通に出会う。

四月初旬、路通、芭蕉を尾張熱田に追い幾日か同行。
●元禄元年（一六八八）。四十歳。
春、路通、芭蕉を訪ね江戸へ。芭蕉、『更科紀行』の旅中で不在。芭蕉庵隣の長屋の一間に住まう。

八月末、芭蕉、帰庵。九月十日、芭蕉に従い素堂亭の観菊の会に出席。十三日夜、芭蕉庵の観月の句筵に其角・嵐雪ほかと連なる。以後、芭蕉の句筵に数多く唱和。
●元禄二年（一六八九）。四十一歳。
三月下旬、芭蕉、曾良を伴い『奥の細道』の旅に発つ。路通、随行の約の反故を恨み、深川を離れ放浪の旅へ。

八月十四日、路通、敦賀に芭蕉を訪ねる。帰路、美濃、伊賀と同道する。
●元禄三年（一六九〇）。四十二歳。

春、路通、陸奥の旅へ、その途次に茶入れ紛失事件の嫌疑。芭蕉、当件で激怒「火中止め」書簡を認める。

●元禄四年(一六九一)。四十三歳。

六月、師弟、大津で復縁の句席に連なる。秋にかけて湖南・京都を行き来し寝食を倶にする。

九月三日、近江堅田で芭蕉一座の句筵。師弟の最後の俳席となる。同二十八日、芭蕉、江戸へ向かう途次、智月亭を訪ね、居合わせた路通と一晩語り明かす。

●元禄七年(一六九四)。四十六歳。

夏、路通、定光坊実永阿闍梨の取り成しで、芭蕉の勘気を解かれる。後、北陸道へ俳諧勧進行。

十月十二日、芭蕉急逝。路通、臨終に参ぜず、十八日初七日、墓前に額ずく。以下、各七日忌に追善句を手向ける。年末、三井寺に籠り、『芭蕉翁行状記』を草する(翌年、上板)。

●元禄八年(一六九五)。四十七歳。

翁出苦忌(百ヶ日)に追善句を手向ける。

翁一周忌。路通、伊賀の故郷塚に額ずく。

●元禄九年(一六九六)。四十八歳。

秋頃、路通撰『桃舐集』上板。「俳仙桃青翁」芭蕉を追慕する。

●元禄十一年(一六九八)。五十歳。

翁五年忌、追善句を手向ける。

●宝永七年(一七一〇)。六十二歳。

翁十七年忌、追善句を手向ける。
●元文三年（一七三八）。九十歳。
七月十四日、盂蘭盆の初日、路通長逝。

資料2　路通句索引

引用句は『芭蕉七部集　新日本文学大系70』（岩波書店　平二）に準ずる。
他に数句は「年譜」や文中の学究の資料に拠る。（数字は記載頁）

㈢

㈣

(六)

著者略歴

正津勉（しょうづ・べん）

一九四五年、福井県生まれ。

同志社大学文学部卒業。詩人・文筆家。

詩集：『惨事』（国文社）、『正津勉詩集』（思潮社）ほか。

小説：『笑いかわせみ』『河童芋銭』（河出書房新社）。

評伝：『山水の飄客　前田普羅』（アーツアンドクラフツ）、『忘れられた俳人　河東碧梧桐』（平凡社新書）ほか。

乞食路通（こじきろつう）

――風狂の俳諧師

二〇一六年　八月　五　日　第一刷印刷
二〇一六年　八月一〇日　第一刷発行

著　者　正　津　　勉
装　幀　小　川　惟　久
発行者　和　田　　肇
発行所　株式会社　作　品　社

〒一〇二-〇〇七二
東京都千代田区飯田橋二ノ七ノ四
電話　（〇三）三二六二-九七五三
FAX　（〇三）三二六二-九七五七
振替　〇〇一六〇-三-二七一八三
http://www.sakuhinsha.com

本文組版　米　山　雄　基
印刷・製本　シナノ印刷㈱

ISBN978-4-86182-588-0　C0095